THELMA FILMS, MANCHESTER FILMS ET MK2
présentent

JULIETTE BINOCHE   EDGAR RAMIREZ

À CŒUR OUVERT
Un film de MARION LAINE

Avec Hippolyte Girardot, Amandine Dewasmes et Aurélia Petit – Avec la participation de Bernard Verley.
Scénario et dialogues Marion Laine – Librement adapté de *Remonter l'Orénoque* de Mathias Enard, éditions Actes Sud, 2005 – Musique originale Bruno Coulais – Image Antoine Heberlé AFC – 1ᵉʳ Assistant réalisateur Dominique Furgé – Costumes Olivier Bériot – Décors Pierre Quèffelean – Son Laurent Lafran – Montage Luc Barnier et Mathilde Van de Moortel – Montage son Francis Wargnier et Cyrille Richard – Mixage Cyril Holtz et Damien Lazzerini – Direction de production Ludovic Naar – Une coproduction Manchester Films, Thelma Films, MK2 et France 3 Cinéma – Producteurs associés Nathanaël Karmitz et Charles Gillibert – Un film produit par Catherine Bozorgan et Christine Gozlan – Avec la participation de France Télévisions, Canal + et Ciné + – En association avec La Banque Postale Image 5 et Soficinéma 8 – Avec le soutien de la Région Provence-Alpes-Côte d'Azur en partenariat avec le Centre national du Cinéma et de l'Image animée et de la Procirep.

REMONTER L'ORÉNOQUE

DU MÊME AUTEUR

La Perfection du tir, Actes Sud, 2003 (prix des Cinq Continents de la francophonie) ; Babel n° 903.

Remonter l'Orénoque, Actes Sud, 2005.

Bréviaire des artificiers (illustrations de Pierre Marquès), Verticales, 2007 ; Folio n° 5110.

Zone, Actes Sud, 2008 (prix Décembre, bourse Thyde-Monnier SGDL, prix Cadmous, prix Candide, prix du Livre Inter 2009, prix Initiales 2009) ; Babel n° 1020.

Mangée, mangée. Un conte balkanique et terrifique (illustrations de Pierre Marquès), Actes Sud Junior, 2009.

Parle-leur de batailles, de rois et d'éléphants, Actes Sud, 2010 (prix Goncourt des lycéens, prix du livre en Poitou-Charentes 2011) ; Babel n° 1153.

L'Alcool et la Nostalgie, éditions Inculte, 2011 ; Babel n° 1111.

Rue des Voleurs, Actes Sud, 2012 (prix Liste Goncourt / Le Choix de l'Orient, prix littéraire de la Porte Dorée, prix du Roman-News) ; Babel n° 1259.

Tout sera oublié (illustrations de Pierre Marquès), Actes Sud BD, 2013.

Boussole, Actes Sud, 2015 (prix Goncourt).

© ACTES SUD, 2005
ISBN 978-2-330-06121-0

MATHIAS ENARD

REMONTER
L'ORÉNOQUE

roman

BABEL

Descifro mi dolor con la poesía
y el resultado es especialmente doloroso
Voces que anuncian : ahí vienen tus angustias
Voces quebradas : pasaron ya tus días
La poesía es la única compañera
acostúmbrate a sus cuchillos
que es la única

RAÚL GÓMEZ JATTIN

1

Assis sur ma chaise, je pensais il a raison, ce que l'on attend à présent des corps c'est la putréfaction en silence, l'oubli, et de l'âme la survie sur les rôles et les registres, les certificats et les papiers, les marbres, les images. L'embaumement n'est plus de mise, les cadavres doivent disparaître, ils sont confiés à des professionnels chargés de les dissimuler, responsables de leur entrepôt, de leur manutention, de leur stockage, de leur destruction dans la terre ou les flammes – entiers ou morcelés, jeunes accidentés ou vieux rongés de maladies il convient de les cacher ; plus de dépouilles charriées par le vent, les yeux cavés, la barbe pelée ; de cercueils ouverts, de morts à ciel ouvert, le regard fermé dans leur plus beau veston, leur robe noire, il n'y en a plus ; à présent enveloppés de chêne ou de sapin, éloignés sitôt l'agonie du regard des vivants, ils sont portés, poussés en hâte vers les coulisses, vers le sous-sol où l'on ne les croisera pas, vidés et lavés, évacués du monde qui n'aime plus les voir, ennuyé de ne savoir qu'en penser, se rassurant de photographies, de témoignages digitaux ou celluloïd, autant de défunts immatériels que l'heure éloigne de la chair et pousse vers l'armée de spectres dont nous emplissons nos armoires.

Assis sur ma chaise, je pensais aux instructions que nous donnons ici au personnel soignant, débranchez tout, retirez toute trace de médecine, éloignez les machines, les perfusions, surélevez légèrement le haut du corps pour éviter l'afflux de fluides vers la tête, décrispez immédiatement les membres du cadavre, fermez-lui la bouche, arrangez ses draps, liste de procédures somme toute banales – voilà ce qu'il convient de faire avec un patient qui perd la vie chez nous, avant les visites, les formulaires, les dispositions, les déplacements silencieux sur un lit à roulettes, l'ascenseur, le sous-sol et la disparition. Les morts ne sont plus à personne, ils provoquent l'effroi, à peine entrevus aussitôt on les cache ; les familles les regardent de loin, sans savoir qu'en faire, interloquées, ébahies, désemparées devant cette chair toujours étrangère que la fin révèle. Là où, quelques secondes, quelques minutes auparavant se tenait un être cher, accroché à ce qu'il savait devoir perdre, se trouve à présent un simulacre, un masque fragile et cireux devenu le miroir de l'angoisse, le buste de la peur. Les cadavres aussi, pensais-je assis sur ma chaise, ont leur fonction comme moi j'ai la mienne, moi qui lutte contre eux – je les combats, je me débats, sans même m'en rendre compte, dans de futurs cadavres, je n'épargne ni mon temps ni ma peine pour préserver le mouvement, l'indécision qui caractérise le vivant, pour le guérir, temporairement, de l'irrémédiable que nous tâchons d'oublier, par nécessité, précisément, du mouvement face à l'immobile, et il y a des jours où ce n'est pas facile, pas facile, non, d'accepter l'échec, d'admettre, même si la plupart du temps on se résigne, d'admettre une défaite qui n'en est pas une, puisque le repos est l'état naturel des âmes, et des corps, la putréfaction.

Mon métier s'arrête là, assis sur ma chaise, sur ce seuil, dans cette antichambre, auprès des instruments stériles rangés dans leurs trousses classées par opérations, clamps, pinces, lasers, sondes, des plus antiques aux plus modernes. Ma mission prend fin ici, une fois les lames posées, les gants retirés, le masque jeté (le masque nous dissimule, disait Youri, d'un improbable regard du patient, à l'hôpital nous sommes tous identiques, des moines ou des soldats), alors que j'observe du coin de l'œil un débutant faire ses gammes de suture, derrière la vitre, point à point, appliqué, concentré, silencieux. Il ne sait pas ce qu'il fait, pensais-je. Il le saura bien assez tôt – moi-même, est-ce que je sais ce que je viens de faire, en ai-je réellement conscience ? Heureusement, je ne comprends pas ce que je manipule, ce qui bat ou s'éteint sous mes mains ; j'ignore, en fait, de quoi il s'agit réellement, je reste en surface – cette chair, ce n'est plus personne ; cette palpitation mourante déjà, ce n'est que le hasard des gènes ; ces yeux, que j'ai vus ôtés pour leur cornée, précautionneusement arrachés à leur visage, ce ne sont que des globes oculaires, et ce dos déchiré, ces reins ouverts, un réceptacle vide de sens.

Dans le sentiment diffus de la perte, qui est une longue paresse de tous les membres, assis sur ma chaise, je me demande ce qui reste dans ce corps allongé, recousu jusqu'à l'absurde par le stagiaire. Une onde me porte, à la fois calme et puissante, vers un grand fleuve patient.

Pourtant, je sais que je vais prendre mes affaires, comme toujours, me changer, mettre mon chapeau, descendre au parking, saluer le concierge, puis sortir, traverser Paris, rentrer chez moi ; je n'y trouverai personne à cette heure, Aude à son

cabinet, ma fille encore en vacances, je m'assié-
rai confortablement, peut-être même mettrai-je
de la musique, un fond sonore, j'appuierai ma
tête contre une des grandes oreilles du fauteuil,
je chercherai le sommeil, et, je me connais, je
vais, malgré tout ce que l'on pourra penser des
circonstances, le trouver sans difficulté aucune.

2

Voilà, je suis enfin moi-même, ce que j'ai toujours voulu être, dans ce réduit comme une cale,
bercée par le hublot ouvert sur l'immensité d'eau
tourmentée, boueuse et verdâtre, envahie par la
mangrove et la paresse, ainsi allongée les yeux
vers le large, vers une rive dont on pourrait douter tant le fleuve est ample, allongée les mains
sur le ventre, balancée doucement comme au
cœur du monde, protégée, ce que j'ai toujours
voulu être, pense-t-elle, alors que je suis sur le
point d'aller vers les singes, les fourmiliers et les
cataractes, vers les chercheurs d'or, les aventuriers, les contrebandiers et les guérilleros, ainsi
roulée tranquillement par la rivière, au creux d'un
bateau à quai dont elle sent les moteurs vibrer,
l'odeur de moisissure et de gazole, de chaleur
humide, enfin étendue dans cette cabine étouffante, la valise au pied de la couchette, le départ
approchant, les adieux faits, sur le quai, à cette
cousine et à cette famille transitoire, découverte,
aimée comme le début d'un voyage un peu
effrayant, rapidement, combien de temps, dix,
quinze jours de transition entre un départ et
l'autre, deux semaines d'attente, d'indécision, de
doute et de souvenirs. Un port est un bien bel
endroit pour attendre, pour laisser son corps glisser petit à petit dans le voyage, un lieu à la fois

terrien, maritime et fluvial, un rocher, une forte-
resse d'Amérique fondée par Colomb lui-même,
un lieu de l'existence duquel on pourrait presque
douter s'il n'y avait les mouvements des cargos,
des barges, des porte-conteneurs et des grues qui
les chargent, de l'aube au couchant dans un ballet
besogneux. Les longs minéraliers paressent comme
des baleines dans les remous limoneux de l'embouchure du Grand Fleuve, les remorqueurs
virevoltent, les conteneurs multicolores qui s'em-
pilent sur la berge ne laissent rien deviner des
richesses qu'ils renferment, le café, les fruits, les
conserves, l'or, les armes, le rhum ou la cocaïne
s'y cachent sans qu'aucun parfum s'en exhale
et les seules embarcations odorantes sont les
volaillers, dont les innombrables cages de métal
dissimulent mal les cris effrayés des poulets et
répandent une puanteur de cloaque en guise de
fumée.

Personne ne me trouvera dans cette cabine
emplie de la fadeur humide de la rivière, pense-
t-elle, et elle ne sait si en être triste ou heureuse,
le cœur suspendu entre deux départs, coincée
dans ce recoin exigu dont elle a juste vérifié qu'il
ferme bien à clé – la couchette et le lavabo étroit,
l'armoire minuscule, voilà mon monde à présent,
avec pour seule ouverture ce hublot à un mètre
cinquante de la surface, noyé dans les reflets ver-
dâtres du fleuve qui viendra, dès la première
tempête, se lancer à l'assaut du plat-bord et frapper avec une force digne d'un océan le verre
sali, au pourtour rouillé, qui protège ma fuite,
elle pense sa fuite, mais de quoi pourrait-elle
fuir, elle emporte tout avec elle, les mains sur
son ventre, les trois livres auxquels elle tient dans
sa valise et les souvenirs – spectres, fantômes,
plaisirs et douleurs – bien serrés dans son cœur

tout près de la soudaine angoisse qui l'étreint au plus profond de ce bateau, dans la chaleur moite d'une journée du tropique.

Cette ville qu'elle quitte, c'est une lame, refermée sur elle-même. Elle en a la beauté fine, le long profil, du phare aux murailles. Jusqu'à la couleur du métal, le reflet de l'eau sur les immeubles. C'est un péril replié. Elle resserre ses mains sur son ventre. Il n'y a aucun changement notable, aucune transformation à part l'absence du sang, elle s'observe fréquemment. C'est le climat et la chaleur, sûrement, quoi d'autre ; pourquoi se cacher ici et à soi-même, ce serait si simple, un médecin résoudrait tout en une seconde ou deux, elle ne peut être une exception, malgré les apparences. Rien ne bouge, tout est comme arrêté, malgré les moteurs qui tournent au ralenti, elle sait que le départ se fera attendre, on l'a prévenue ; ils appareilleront à la nuit tombée, vraisemblablement, lorsque le chargement sera achevé.

La tendresse de sa cousine était dangereuse aussi, autre genre de lame, regarder dans les yeux ses beaux enfants bruns, sa maison, voir, observer chaque jour son combat pour le foyer : le ménage, les courses, la lessive, le bain, les mères se ressemblent toutes, ou presque, la sienne n'aurait pas agi différemment avec une lointaine parente comme elle, elle l'aurait adoptée car elle aussi avait besoin de ces obligations pour vivre, des autres pour exister, qu'ils la remercient ou pas, et elle était bien contente de cette nouvelle enfance offerte, en un sens, elle n'avait qu'à se laisser aller, flotter doucement, attendre qu'on la conduise à ce bateau, elle a résisté aux invitations à rester, aux avertissements, aux dangers qu'on lui énumérait, une femme seule, une jeune fille, seule, tu vas traverser tout le pays et une fois dans le Sud, que feras-tu, ces contrées sont sauvages, tu ne te rends pas compte du risque, on lui répétait dix fois par jour, ma petite, tu ne te rends pas compte, ce n'est pas Paris, ici, c'est un autre monde, mais on lui avait tout de même trouvé une embarcation plus sûre qu'une autre, d'une compagnie en laquelle on pouvait avoir confiance, peut-être, plus qu'en une autre, au moins y avait-il de vraies cabines, tu pourras t'isoler, c'est un peu comme la première classe, mais ce n'est pas un paquebot, ne te fais pas d'illusions, et une fois à Puerto Ayacucho, une fois parvenue à l'orée du dédale de l'Amazonie, le bateau arrêté par les cataractes, tu iras voir un cousin que nous avons là-bas, il t'attend. Même si elle n'a pas peur, elle n'a pu s'empêcher (c'était plus un caprice qu'autre chose, d'ailleurs) de s'acheter un beau couteau fin comme un scalpel, un stylet, léger, long et terriblement tranchant, elle l'a ici près d'elle, et cet allié imaginaire (comment donnerait-elle un coup de couteau ?) est une présence tout de même rassurante, allez savoir pourquoi.

Malgré l'émotion qui l'a prise en montant la passerelle conduisant au bateau, après avoir embrassé longtemps sa cousine émue, les enfants, après la légère angoisse de la découverte de sa cabine, de l'équipage bourru, elle est bien, allongée sur le dos, en dépit de la chaleur que le ventilateur n'arrive pas à dissiper, tout juste à brasser. S'il n'y avait pas son ventre tout serait parfait. Elle se laisse un peu aller à la nostalgie, bien sûr (un port est un bon couteau, il pénètre bien profond dans l'âme), mais recroquevillée ainsi dans la moiteur du songe elle est plus ou moins heureuse. Certains fantômes sont même agréables ; s'il n'y avait pas le ventre, et son sexe toujours sec (il faut appeler un chat un chat), tout serait absolument parfait, se dit-elle. De quelle compagnie aurait-elle besoin ? Elle a les livres et les couteaux.

3

Depuis son retour à Paris, me dit Youri, il n'avait rien fait. Ni bien ni mal. Savoir pourquoi ou comment n'aurait rien arrangé, c'est bien sûr, on n'y peut rien, et point ; il était rentré de la clinique où il avait passé trois semaines, chez son docteur Gachet, comme il disait, et maintenant il buvait à nouveau à petits coups secs et précis, sans me regarder. Il avançait dans la bouteille, parlait entre deux gorgées, sans poser son verre. Il parlait parce qu'il le fallait, mais il était évident qu'il aurait préféré juste boire, et tout seul encore ; il me tolérait, peut-être parce qu'il avait besoin d'un public – Joana lui disait souvent Youri tu as besoin d'un public, il faut toujours que tu fasses ton numéro –, peut-être parce qu'il était complètement ivre et se serait parlé exactement de la même façon tout seul sans moi, parlé en silence, lui, Youri, d'elle et même de moi comme si j'étais un personnage secondaire qui avait tout de même son importance dans l'histoire, qu'il convenait de citer pour donner toute son ampleur au récit, tout son sens, lui l'amoureux de littérature, il buvait pour ressembler à un personnage d'Hemingway, ou à Hemingway lui-même, que sais-je. Deux jours qu'il buvait sans s'arrêter, le jeune chirurgien fringant ; je savais qu'il était à peine passé à son appartement, peut-être une minute pour poser sa valise, s'il avait une valise, à peine était-il rentré à Paris qu'il s'était mis à boire, de bar en bar, sans appeler personne, à part moi, au bout du deuxième jour : il arrivait à peine à articuler au téléphone, je l'ai reconnu tout de suite, je suis au virage Lepic – tout près de chez elle, j'ai pensé. N'y va pas, j'ai dit bêtement, comme s'il ne le savait pas, que dire, j'arrive, j'ai soupiré.

Au bout de deux heures j'étais soûlé, pourtant j'avais à peine touché la bouteille, il y avait un bon moment que mon verre était vide et qu'il ne le remplissait pas, il ne le voyait pas, ou s'il le voyait il faisait semblant de ne pas s'en apercevoir. Ses yeux étaient vitreux et tout rougis, je commençais à me dire que je pourrais m'en aller, il ne se rendrait compte de rien ; le patron le regardait du coin de l'œil d'un air soupçonneux, à cause de sa voix rauque et de son débit haché. Parfois il criait presque. Il fallait vraiment avoir de la patience, j'ai pensé. J'ai perdu le fil. Il échafaudait je ne sais quelle théorie fumeuse, théorie d'alcoolique, il va bientôt s'effondrer, deux jours qu'il boit sans trêve, sans manger, sans dormir, il espère tomber, c'est une bête qui s'épuise, c'est lui le chasseur et lui la proie. Son regard s'était rétréci avec ses yeux ; sa rage était sur le point de se retourner contre moi, j'ai bien vu. J'ai rattrapé le cours de la conversation, il me disait et toi, toi aussi tu es responsable. J'ai eu envie de prendre la bouteille pour me servir mais il la regardait si amoureusement, si jalousement, je n'ai pas voulu jeter d'huile sur le feu. Malgré tout ce qu'il ignorait des circonstances réelles, tout ce qu'il feignait d'avoir oublié ou qu'il essayait de se convaincre qu'il avait oublié, je savais qu'il allait distribuer les responsabilités, une par une, à tout le monde, elle comprise, et qu'il finirait (après une, deux bouteilles de plus) par en revenir à lui-même, qu'il s'écouterait, se jugerait, s'apitoierait sur son sort et se condamnerait enfin à tomber ivre mort.

Ce qu'il fit. J'arrivai en retard à l'hôpital parce qu'il s'effondra sur la table, qu'il fallut (le patron soupirait sous l'effort) le porter jusqu'au taxi, qui ne voulait le charger que si je l'accompagnais, et murmurait c'est une ambulance qu'il lui faut, à votre copain. J'ai donné un énorme pourboire au chauffeur et j'ai abandonné Youri sans remords au pied de son escalier, sur le tapis rouge élimé, en compagnie des trous de cigarettes et de la poussière, coincé contre le mur jaune pisseux, même si j'avais voulu j'aurais été bien incapable de monter ses soixante-dix kilos jusqu'au quatrième étage. Il respirait tranquillement, un filet de salive, de bile au coin de la bouche, la concierge le trouverait le lendemain et le réveillerait d'un coup de balai ou, pire, appellerait la police qu'on le déloge – auparavant tous ses voisins auraient enjambé son corps immense en descendant. Je me souviens d'avoir pensé Youri, Youri, comme je te plains, c'était idiot, je suis allé travailler, ou plutôt dormir à l'hôpital, la nuit m'a paru bien froide.

4

Il fait trop chaud pour bouger. Main dans la main avec le soleil sur sa couchette, elle est allongée dans le jour, dans les vrombissements des grues et des engins de mer. Elle entend les cris des haleurs de caisses, des camelots et des transitaires, le ronflement désordonné des diesels. Le port est à ses côtés, dans sa sueur d'or et ses bois précieux, elle sent son haleine bruyante, ses richesses toujours sur le départ. Sa cabine est soudain envahie par un parfum de banane frite qui lui donne une légère nausée. Elle n'a pas faim. C'est étrange, d'après ce qu'elle imagine elle devrait avoir faim tout le temps, mais les plats les plus appétissants qu'a pu lui préparer sa cousine pendant les dix jours passés chez elle, l'*arepa* du matin, les rissoles, les ragoûts de poisson, rien ne lui rendait un appétit qu'elle avait dû laisser à Paris, ou peut-être les changements de climat, de nourriture, de continent, le voyage en soi entraînent-ils ce genre d'inappétence, c'est bien possible. Peut-être tout ceci n'est qu'un rêve. Tout juste un sale tour de l'inconscient, des rouages de l'âme ou même du corps, il suffirait qu'elle urine sur un tube en plastique pour s'en assurer, mais la vérité entraînerait une responsabilité, dans un sens ou dans l'autre, des décisions, et porter, dans le voyage qui commence, un être en germe, une solitude désespérante du ventre ou une maladie même mentale l'empêcherait de profiter pleinement du mouvement, de la nouveauté, en la renfermant, au lieu de l'ouvrir, sur elle-même. Elle s'écoute déjà suffisamment comme ça. Mieux vaut s'en remettre au Nouveau Monde qui bat derrière son hublot, au port, à la violente douceur sud-américaine ; mieux vaut laisser dans ce réduit brûlant envahi par la mer et les odeurs de friture les questions qui n'en sont pas.

L'Orénoque est si large qu'il est impossible d'en deviner la berge opposée, ou même de le distinguer de l'océan boueux où il débouche. A quai, ainsi allongée à attendre le départ du bateau, elle a du mal à imaginer les immenses plaines qu'elle va traverser en le remontant, les centaines de milles à parcourir pour s'enfoncer vers le sud-ouest. Entre les odeurs de sueur, de gazole et de friture, la nausée se fait plus intense ; elle pourrait monter sur le pont prendre un peu l'air, observer le chargement des caisses, l'arrivée des passagers – de temps à autre elle entend, au milieu des cris des chaînes et des cliquetis des palans, des voix dans les coursives. Elle pourrait aussi attraper le livre qu'elle a acheté à la librairie de la ville, ou essayer de dormir un peu. Le tangage régulier de l'embarcation retenue par ses amarres la berce doucement, et avant d'avoir pu décider, elle somnole déjà.

Ce matin-là, après une demi-heure de doutes devant ma tasse de café vide sur le comptoir du bar du coin, je suis allé jusque chez elle, jusque devant son immeuble. Il faisait gris, l'aube n'en finissait pas de s'ouvrir. J'ai fait les cent pas devant la porte, des employés de la mairie nettoyaient le trottoir. Je me souvenais du code, je suis monté, il aurait fallu le faire à un moment ou un autre. Les volets étaient ouverts, le studio sentait la grisaille du matin d'automne, les souvenirs étaient là avec moi. Le canapé, la table basse ; j'avais du mal à regarder ces meubles en face, pourquoi, c'était des choses, après tout, elles n'ont pas de mémoire – un grand bahut de contreplaqué noir brillant montrait ses étagères à moitié vides, un pull, des chemises ; il y avait des livres un peu partout, en piles, en tas. Une tasse, un verre lavés sur le bord de l'évier ; deux factures ouvertes sur la table, une photo de Youri punaisée sur le mur au-dessus d'un bureau bien rangé, j'avais remarqué ce cliché la dernière fois, il ne me faisait plus rien aujourd'hui. J'essayais de trouver la raison de ma présence, ce que j'étais venu chercher, je n'osais pas fouiller pour trouver, ce sont des choses qu'on ne trouve pas facilement. Je me suis habitué à l'endroit petit à petit. Tout ce qu'elle avait laissé derrière elle. Bien sûr je voulais quelque chose qui parle de moi, j'espérais trouver un signe, il devait bien y avoir un détail, un mot peut-être qui me serait secrètement adressé.

J'ai tourné en rond un moment sans rien oser toucher, et c'est venu tout naturellement, la fatigue, le calme, le gris du début de l'automne, je me suis assis quelques instants sur le canapé avant de m'y allonger et de me reposer, là, sans vraiment dormir, les yeux dans un coussin, tout contre elle. Comment a-t-il pu l'attirer, la séduire, pensai-je, sa photo encore dans la tête, c'est incompréhensible, ou plutôt, je le voyais, c'est le charme de l'illusion, le plaisir des mirages. Sa souffrance, sa nostalgie, son humour, son corps. Ses longs silences. Sa famille, bourgeoise, cosmopolite et rocambolesque.

Je n'avais pas hésité, un soir, à le lui dire : tu te trompes, Youri c'est une image vide, tellement occupée à se remplir, à se chercher un sens, incapable d'un vrai pas vers autrui. Elle acquiesçait de la tête, en jouant avec ses doigts, sans me regarder, je conduisais doucement en cherchant des détours pour prolonger la conversation. Elle ne disait rien, elle m'écoutait, ou du moins elle en avait l'air, alors j'en rajoutais, des exemples, tout ce que je pouvais trouver. Mais… c'est ton ami, non ? Ce fut sa seule phrase, légèrement vexée. Oui et non, c'est un camarade, un collègue, ai-je répondu, dans l'espoir qu'elle entrevoie la vérité, je ne voulais surtout pas me rendre désagréable – lui dire sans lui dire, qu'elle comprenne sans lui expliquer. Sans doute était-ce inimaginable, que sais-je, je revenais à la charge : Youri plonge et te fera plonger. Dans mes phares, les rues de Paris font des méandres luisants. Je me suis perdu, pense-t-elle, derrière l'avenue de Saint-Ouen. Parce que la place Clichy est bouchée à deux heures du matin, avais-je expliqué. Non, elle était loin d'imaginer, et je ne pouvais parler que de Youri, je continuais tu sais, il est médecin, tout de même, cela suppose des responsabilités, il ne peut pas continuer à boire comme ça. Imagine, imagine. Elle imaginait le pire, c'est certain, elle me regardait d'un air agacé. Ce n'est pas un alcoolique, franchement, tu exagères, je ne sais pas ce qu'il t'a fait. Elle ne savait pas, bien sûr, et je donnais une image de moi qui m'horrifiait, moraliste, responsable, médecin, voilà ce que j'étais devenu, paternel, paternel, avec ma conduite trop prudente, les deux mains sur le volant en train de la prévenir de la chute de Youri, alors que j'aurais dû essayer de compenser notre différence d'âge par des élans de jeunesse, mais on ne se refait pas si facilement. Le terrain n'était pas le bon, ce n'est pas facile de s'ouvrir. Tout cela est bien banal. Elle commençait à s'impatienter, ce n'est pas tout à fait un raccourci, disait-elle, parler de Youri l'avait énervée, je me forçais à regarder la route, droit devant moi. Je serrais le volant pour retenir un aveu que je savais incompréhensible, qui n'était justifié en rien, qu'elle n'entendrait pas, qu'elle verrait comme une raillerie, une tocade, au pire le démon de midi, ou de minuit, une plaisanterie de carabin, quelque chose de grivois, d'ignoble, la tape sur les fesses d'une infirmière après un déjeuner arrosé.

Je me suis tu, elle n'a rien ajouté non plus, j'ai tourné à droite dès que j'ai pu pour retrouver le boulevard, il était désert.

La chaleur la réveille, elle est en sueur, elle a besoin d'air. Quelle heure peut-il bien être ? La paroi métallique de la cabine est brûlante. La légère brise qui pénètre par le hublot et le vent tiède du ventilateur ne suffisent plus à éloigner la moiteur ; elle se lève et, après avoir pris bien soin de refermer à clé derrière elle, elle monte les quelques marches, au bout du couloir étroit, qui conduisent à l'extérieur – la différence de température la fait soupirer de soulagement. A la proue, le chargement se poursuit. Les marins halent de lourdes caisses de bois. Depuis le pont arrière, elle regarde l'eau miroiter ; le ciel est couvert, il ne devrait pas tarder à pleuvoir, les nuages glissent sur l'immensité grise du delta. Il n'y a personne à la poupe, alors que sur le quai les dockers s'agitent, leurs torses noirs luisent de sueur. Les esclaves d'autrefois n'auraient pas été bien différents, certaines choses ne changent pas ; ici on distingue les classes sociales à la couleur de la peau, les Blancs, les Indiens et les Noirs, par ordre de richesse, d'importance – pour les gens d'ici, elle est blanche, une blonde disent-ils, alors que ses cheveux bruns et son teint hâlé la désignaient, à Paris, comme "typée", combien de fois l'a-t-on prise pour une Portugaise ou une Italienne, et la consonance de son patronyme ne faisaient que confirmer les doutes de ses interlocuteurs sur son origine. Ici, c'est l'inverse, son physique et son nom sont tout à fait communs, tandis que son accent et son espagnol parfois hésitant trahissent une éducation étrangère et malgré ses origines, malgré la famille qui l'a accueillie et entourée de sa tendresse, elle ne peut s'empêcher de se sentir bien loin de chez elle, en route pour retrouver l'enfance et ses territoires perdus. Accoudée ainsi au bastingage, elle se demande encore une fois si elle a fait le bon choix, si ce départ, même forcé par les événements, ne cache pas une fuite, une lâcheté, et les ombres douces – mains, visages penchés tendrement sur son corps – qu'elle sent autour d'elle lui brûlent maintenant la poitrine, les yeux, dans une bouffée de mémoire douloureuse soudain surgie du Grand Fleuve qu'elle observe lécher la coque du bateau, la caresser de ses vaguelettes et apporter le manque, tangible, réel, du contact, des voix, des habitudes, de sa maison, de son métier, toutes choses abandonnées à leur sort dans la grisaille parisienne. Elle se demande si la vie qu'elle souhaite en elle sans trop oser y penser n'est pas juste l'illusion d'avoir emporté le germe de ce bonheur blessant qu'elle a choisi de quitter, sans se résoudre à le faire disparaître par un passage sordide dans une clinique de banlieue, ou sans même oser se lancer dans la ronde des médecins pour s'assurer de son existence, et si l'immense rivière, les vibrations du bateau, les bruits du port ne lui transmettaient pas un peu de leur vigueur, elle se mettrait à pleurer, prostrée sur le bastingage blanc à la peinture écaillée, les mains sur le ventre.

Je suis resté longtemps sans bouger, allongé sur le canapé, à sa place, à penser à elle, au milieu de ses livres et de ses histoires, en compagnie des quelques photos (même celle de Youri m'était maintenant indifférente) punaisées sur ses murs, à ressasser les derniers mois, les dernières semaines. J'hésitais à mettre l'appartement sens dessus dessous, je me demandais où elle avait pu cacher ses secrets, surtout je voulais savoir ce qu'elle pensait vraiment de moi, c'était devenu une obsession, bien plus encore que son corps et son odeur qui m'enveloppaient d'un désir flottant, là, dans son oreiller. Bien sûr après une heure ou deux, je n'en pouvais plus, je me levai et me mis à fouiller consciencieusement l'appartement, méthodiquement, que cherchais-je, sans doute des traces de sentiments, quelque chose. J'ai remué des papiers, secoué des livres pour voir s'ils ne contenaient pas de lettres, rien de véritablement caché – dans une boîte à chaussures, des monceaux de correspondance, beaucoup en espagnol, avec la famille de son père en Amérique latine je suppose, apparemment sans grand intérêt ; une collection d'épingles à cheveux ; de vieux bijoux de pacotille qu'elle ne mettait jamais, des flacons de parfum vides, des échantillons gratuits pour la plupart, quelques médicaments et produits de maquillage dans l'armoire de la salle de bains. Je me sentais plonger dans son intimité, je n'ai pas pu m'empêcher d'ouvrir les tiroirs de son armoire, de passer la main entre les chemises, les pulls, les sous-vêtements abandonnés me faisaient frissonner comme un adolescent, les traces de son passage, chaque mouvement devenait de plus en plus douloureux, mes mains étaient comme brûlées par tous ces contacts, le papier, la laine, le coton, j'avais honte car je me retenais (pour combien de temps encore) de renifler ses dessous comme un chien, et je savais que j'ouvrais la boîte de Pandore – la boîte de Pandore, une culotte, un soutien-gorge, un bas, une chaussure, autant de pièges, de mécanismes qui se déclenchaient dans mes mains au détour des tiroirs pour m'exploser à la face, m'aveugler –, était-ce la sueur, la douleur, les quelques souvenirs que j'avais du contact de ces mêmes surfaces, devinées plus que senties, lors des instants volés où elle descendait de ma voiture, m'embrassait, se changeait dans son vestiaire, et une petite poignée de souvenirs piquants, excitants la nuit dans l'imagination, mais qui devenaient, au sein de la frénésie du réel et des tissus, des marteaux de désir m'écrasant les sens ; elle était là, tout d'elle était là, ou presque, et moi au milieu d'elle, plus libre chez elle, dans son appartement, que jamais j'avais pu être libre en sa présence, en son absence.

Puis, petit à petit, une fois tous les tiroirs ouverts, les étoffes caressées, les lettres tirées de leurs enveloppes, une fois le sol jonché de traces, de débris d'elle, quand je compris que la boîte ouverte ne contenait que moi, qu'il n'y avait en vérité rien d'autre que mon désir dans cet endroit, j'ai rassemblé les quelques papiers que j'avais mis de côté, j'ai refermé comme j'ai pu les tiroirs dérangés et je suis sorti, honteux, vidé, en espérant que personne ne m'ait vu entrer.

Cette fragilité soudaine, c'est le voyage qui commence ; l'angoisse du vide entre deux mondes, l'Europe, l'Amazonie rêvée et enfin à portée de main. Remonter le fleuve qui a bercé son enfance, parcourir les territoires imaginés, presque imaginaires, toucher les noms, la famille que lui a légués son père, peut-être n'est-ce pas le moment, peut-être eût-il fallu qu'elle s'y lance plus tard, le cœur calmé, l'âme au repos, et non pas à présent, troublée par ce qu'elle laisse derrière elle et inquiète du futur qu'elle y apporte, mais on ne choisit pas vraiment, a-t-elle seulement choisi, il fallait partir et elle l'a fait. Le reste importe peu.

Elle observe de loin le capitaine crier des ordres aux marins du pont avant. Ses traits ont quelque chose d'indien, les yeux en amande, le teint cuivré. Il porte une casquette à visière et un tee-shirt blanc pour tout uniforme. Quelques passagers montent à bord, une famille les bras chargés de paquets puis des hommes seuls, un baluchon sur l'épaule. Le départ doit approcher. Le ciel est très lourd, le soir ne va pas tarder à venir, il va pleuvoir. Souvent, ici, avant une averse, on sent l'air se rafraîchir, une légère brise se lever ; les oiseaux marins volent bas, ils touchent presque la surface de l'eau. Marins, façon de parler. Où commence la mer, dans l'immensité du delta ? Colomb lui-même, perdu au sud de ses îles, cherchant la terre ferme, ne pensait pas l'avoir trouvée ici. Une île de plus, croyait-il, et malgré les sondages et la douceur de l'eau, il n'osa pas s'aventurer plus avant sur ce bras de mer étrange. Il remonta vers le nord pour tenter de circonvenir cet îlot gigantesque.

Le bateau sur lequel elle se trouve est loin d'être un galion ou une caravelle. Il fume noir ; la peinture, pourtant récente à en juger par la couleur, s'écaille et part en plaques ; les écoutilles sont rouillées, les cheminées aussi, et l'échelle qui monte à la passerelle a perdu une partie de son garde-corps. A la proue les marchandises s'entassent sur le pont, et après le château arrière, d'où le capitaine vocifère ses ordres, une brève esplanade parsemée de chaises en plastique sert de promenade aux passagers. On y a même aménagé un petit bar, qui vend boissons et nourriture, un simple passe-plat entouré de guirlandes aux ampoules de couleur, fermé par une plaque d'acier. Sans doute cette cafétéria improvisée ouvrira-t-elle une fois le bateau parti, ce qui ne devrait plus tarder, à en juger par l'agitation qui règne à présent sur le quai. Dans les premières gouttes molles qui commencent à tomber, annonçant l'averse, les dockers se sont éloignés, et les marins s'affairent aux amarres ; les derniers passagers se pressent à bord, certains ont commencé à prendre place sur la plage arrière, assis, les pieds sur le bastingage ; les nuages plus denses font approcher la nuit.

9

Au fil de l'ombre : Youri allait droit vers le fond.
Elle devait le sentir, confusément ; elle devait le
percevoir, elle aussi, sans vouloir y croire ; elle
avait sans doute la sensation qu'il lui échappait, en
quelque sorte – et les symptômes étaient nets : il
buvait, non pas de plus en plus, mais avec une
régularité bouleversante ; il lisait et relisait toujours les mêmes ouvrages, qu'il récitait pendant
des heures quand il était ivre. Il disait je veux
partir, je veux aller à Saint-Pétersbourg, prendre
le train jusqu'à Vladivostok, ou bien travailler
dans l'humanitaire, quelque part, n'importe où, en
Afrique ou ailleurs. Elle l'encourageait, le poussait à prendre des contacts, à obtenir quelques
entretiens, mais il ne franchissait jamais le pas. Il
se contentait d'en parler, quand il avait bu, il
disait "cet hôpital merdique", "cette sale ville", et
cætera, avec chaque fois plus d'amertume, finissait toujours par dire qu'il partirait, qu'il enverrait
tout promener un beau jour, sans jamais passer à
l'acte. Elle me disait souvent essaye de le décider
à consulter, je crois qu'il ne va pas très bien, alors
je lui expliquais qu'il n'irait jamais voir un confrère,
qu'il est impossible de convaincre un médecin
qu'il est malade s'il ne le reconnaît pas lui-même
– peine perdue ; j'ai suggéré plusieurs fois à
Youri d'être attentif, de s'éloigner de l'alcool, essayé

de lui faire comprendre qu'il était gravement déprimé : rien à faire. Il me regardait en riant, me tapait dans le dos en disant j'ai mes remèdes, ou Ignacio mon ami, ma dépression est atavique et incurable. Je le voyais arriver le matin avec des cernes impressionnants et une haleine de cheval, même le patron s'en apercevait, il faut vous reposer, mon vieux, vous commencez à faire n'importe quoi – une erreur d'ordonnance heureusement bénigne mais qui aurait pu terminer en catastrophe si le pharmacien n'avait pas été si attentif ; des feuilles de soins mal remplies ; des demandes d'examens mal rédigées, parfois absurdes – et sur ce ton paternel que le professeur avait pour ses protégés : Youri, vous avez des soucis personnels, en ce moment ? Votre femme vous a quitté, vous vous séparez, vos parents sont mal en point ? Youri s'était senti humilié, victime d'une injustice ; pour lui ses erreurs pouvaient arriver à tout le monde, c'était la faute à pas de chance, aux cadences infernales, à l'administration, à la sécu qui était devenue son moulin de don Quichotte, il n'y a pas de place pour la perfection dans ce monde, disait-il, c'est la sécu et l'Assistance publique qui tuent la médecine comme un des beaux-arts, l'absence de moyens, les procédures absurdes, le jeu sans fin des démarches. Il souhaitait à la fois être fonctionnaire et avoir une liberté totale, il était bien le seul – je me souviens de ses discussions interminables avec Imbert (quatre-quatre, résidence secondaire en Normandie) qui le prenait pour un communiste : mais enfin, tu ne peux pas souhaiter réellement pointer comme un employé de bureau, nous ne sommes pas des employés de bureau, tu as déjà parlé avec un médecin-conseil de la sécu, ou un médecin du travail, dans leur

34

camionnette, c'est à peine s'ils ont un fauteuil, j'ai pas fait cinq ans d'internat pour toucher une misère, crois-moi, au fond on a de la chance, il faut qu'on se batte. Imbert, l'hôpital, la pratique privée à l'hôpital, il travaillait bien plus que nous, bien plus, il fallait des mois pour avoir un rendez-vous avec lui, sauf si l'on acceptait de payer ses tarifs libéraux, rédhibitoires, qui lui valaient, puisqu'il exerçait dans l'hôpital même, l'inimitié du personnel et la jalousie des confrères. Youri ne pouvait s'empêcher de le provoquer alors, le nouveau modèle de quatre-quatre BMW, il est pour quand ? Et l'autre, bonhomme, répondait sincèrement qu'il n'aimait pas trop les BM, un peu m'as-tu-vu, en revanche, le Mercedes avait l'air très bien, dès qu'il l'aurait il nous emmènerait l'essayer. Il donnait des conseils à Youri mets-toi bien avec Dantan, c'est lui qui tire les ficelles, il t'estime beaucoup, il dit partout Gradov, c'est le meilleur, un grand avenir devant lui – enseigner à la fac, c'est très emmerdant mais c'est bon pour le prestige, dans dix ans tu peux être chef de service en province (Youri le regardait comme un extraterrestre) ou alors tu peux faire comme Ignacio, rester troufion (il rit gentiment) et te taper des appendicectomies et des hernies toute l'année. Il savait bien que nous, les immigrés, Karim le Syrien et moi, nous n'avions pas le choix, nous étions le sous-prolétariat de la médecine, les "titres étrangers", contraints aux salaires inférieurs, sans perspective d'avenir. Sans doute, en changeant de passeport, après des démarches infinies et absurdes j'aurais pu améliorer mon statut, mais le lumpen a ses avantages, responsabilités limitées, homme de l'ombre, en quelque sorte, et depuis le temps, depuis le temps Dantan me respectait, même s'il conservait encore à mon égard un léger mépris, celui de l'artiste pour l'artisan, peut-être.

Je voyais bien que ce milieu faisait horreur à Youri, chaque jour davantage ; il se moquait de l'inculture de certains de nos confrères, de leur cupidité, de ces médecins prêts à tous les arrangements pour devenir qui expert auprès des tribunaux, qui conseiller technique pour un laboratoire, qui consultant dans un obscur programme télé, dans cette course au prestige et à l'argent qui est l'apanage de la médecine parisienne, si embouteillée qu'elle ressemble au peloton du Tour de France, où tous, malgré le peu d'espace et la réalité sinistre des probabilités mathématiques, cherchent à s'échapper dans le groupe de tête, voire à monter sur le podium ou même, tout simplement, à être le leader de l'étape, ne serait-ce que sur quelques kilomètres. Youri leur trouvait des surnoms : "Bille en Tête", Dantan ; "Tchitchikov", Imbert ; "Nivelle et Mangin", nos deux orthopédistes, et ainsi de suite ; il n'adressait la parole à tout ce beau monde que contraint et forcé, lorsqu'il fallait partager un dossier, un patient, une réunion. Il arrivait le matin, très nerveux, avalait deux aspirines (vers la fin je me suis demandé s'il ne s'était pas prescrit des amphétamines) et trois ou quatre cafés avant de se mettre à travailler. Joana commençait à avoir peur, je sais qu'elle avait demandé à changer d'équipe pour opérer avec lui, ce à quoi elle s'était toujours refusée auparavant, pour ne pas tout mélanger, comme elle disait. Elle le surveillait (ou plutôt nous le surveillions) du coin de l'œil, lui rappelait gentiment ses rendez-vous, lui demandait s'il avait faim, ce qu'il avait comme projets pour le déjeuner, pour le dîner, elle faisait presque autant peine à voir que lui, par moments.

Elle avait des raisons d'être préoccupée ; elle me racontait (je profitais de ces circonstances pour être aussi souvent que possible avec elle) hier encore, il a passé la soirée à lire et relire Blaise Cendrars, il me regardait avec un air désolé, il récitait "Quitte ta femme, quitte ton amant / Quand tu aimes, il faut partir" ; j'ai essayé de l'empêcher – gentiment – de boire, mais il est entré dans une rage folle, il me disait tu me prends pour un enfant, tu ne vois pas ce que j'ai, tu ne vois pas que j'ai la maladie de Wertheimer ? De quelle maladie s'agit-il ? j'ai demandé bêtement (je pensais à une affection réelle), si tu es malade, il faut que tu te soignes. Il a explosé d'un rire cynique, m'a-t-elle raconté, si tu étais un peu plus cultivée, tu ne dirais pas tant de conneries, il l'a dit pour me blesser, pour me faire du mal, j'avais l'impression d'être avec un patient, je me suis levée pour partir, et une fois dans la cage d'escalier il s'est mis à hurler, en imitant l'accent russe, rreviens, rreviens, je te désirrre, je te désirrre, je baaaaande, il était déjà complètement soûl, je ne m'en étais pas aperçue – je ne sais pas si son problème vient de l'alcool ou si l'alcool est une conséquence, elle pleurait à moitié en me disant cela et moi, par lâcheté, j'en profitais pour caresser sa main, son épaule, dans un geste fraternel et consolateur qui n'en était pas un.

Aude commençait à en avoir plus qu'assez, de ces histoires qu'elle jugeait "adolescentes" et de mes retards continuels. Prends tes distances, c'était sa phrase, prends du recul. Ne te laisse pas bouffer, il est d'une force exceptionnelle, méfie-toi. Elle avait pourtant, comme tout le monde, une certaine admiration pour Youri, du moins les premiers temps ; il était tellement différent des autres toubibs. La maladie de Wertheimer, tu parles, elle avait déjà tout deviné, sans doute ; Aude est plus intuitive que moi, plus réservée aussi, elle n'est pas psychiatre pour rien, pensai-je. Elle me suggérait Ignacio, passe plus de temps avec ta fille, elle te remettra les idées en place, emmène-la quelque part, dans un parc d'attractions ou au zoo de Vincennes, par exemple, elle n'y est jamais allée.

Ce qui me surprenait le plus, c'était la facilité avec laquelle elles disparaissaient, toutes les deux, Aude, ma fille Ilona, dès que j'étais, par exemple, avec Joana au bas de son immeuble, en train de prolonger volontairement la conversation à propos de Youri. Je n'y pensais plus, plus du tout, j'étais ailleurs, en train d'élaborer des tactiques, des stratégies pour pouvoir la toucher, la séduire ; au fond sur le moment même Youri m'importait bien peu. Ces histoires étaient à double tranchant : d'un côté j'avais l'impression de me rapprocher d'elle, de pouvoir profiter de son intimité, mais de l'autre, nous n'échangions plus rien qui ne tourne autour de lui – et la jalousie me brûlait la poitrine, quand je me retrouvais seul, en chemin pour rejoindre Aude et son ironie discrète.

10

L'averse, tout d'abord de grosses gouttes molles et tièdes, devient vite violente et elle doit quitter le pont pour se réfugier dans sa cabine. Les vibrations des moteurs semblent plus fortes, peut-être le départ est-il proche. La pluie vient du large, elle frappe le hublot avec force, la cloison de métal résonne. Elle s'allonge sur la couchette ; il n'y a pas de fauteuil, et cette chambre est si exiguë que le lit est le seul espace où elle puisse se tenir.

Elle a hâte que le navire se mette en mouvement, elle a hâte que s'éloigne la berge, hâte de voir défiler l'eau sombre du Grand Fleuve ; elle a hâte de découvrir, au matin, les plaines immenses, les paysages qu'elle a imaginés pendant si longtemps. Pour tromper l'attente, elle attrape un des livres qu'elle a apportés, une relation de la vie de San Pedro Claver, saint des esclaves de Carthagène des Indes, achetée la veille dans une librairie dénichée entre deux marchands d'automobiles, au milieu d'une de ces interminables avenues des Amériques, larges et luisantes, aux noms de présidents, de libérateurs, de caudillos et d'aventuriers. Tenue par un monsieur d'une cinquantaine d'années, cultivé, affable, immense lecteur, cette librairie est devenue, pendant les quelques jours qu'elle a passés en ville, son salon et son café. Une fois épuisées les maigres ressources touristiques de l'endroit, la cathédrale, le vieux monastère, la place à colonnades, le jardin public encombré de manguiers, c'est à la librairie qu'elle s'est rendue chaque matin de bonne heure, pour profiter de l'hospitalité du propriétaire qui lui offrait volontiers de partager son petit-déjeuner, prétexte à d'interminables bavardages, la politique, bien sûr, mais aussi la littérature, la religion, l'homme était intarissable, avenant, un rien séducteur – il s'écoutait souvent parler, en lissant sa magnifique crinière blanche dans un geste grandiloquent qui lui donnait un air comique et décalé, un air d'intellectuel étranger à toute réalité, et ce livre qu'il l'avait presque forcée à acheter, une vie de saint, si éloignée de ses lectures habituelles, il lui en avait rebattu les oreilles pendant des heures, sans se lasser, racontant les merveilles, les miracles qui s'y trouvaient, les vérités, les légendes, jusqu'à ce qu'elle craque, le dernier jour, et l'acquière, plus pour conserver un souvenir d'Elie le libraire qu'à cause d'une réelle passion pour l'hagiographie.

Au cours de leurs conversations, elle a non seulement appris l'existence du saint, mais aussi nombre de détails, de récits sur les contrées qu'elle allait traverser, les llanos, les plaines, la frontière colombienne, les trafics, la contrebande, les Indiens du Sud, les aventuriers brésiliens qui viennent voler l'or national, dissimulés par la jungle, aux confins des Guyanes ; les corsaires et les pirates qui autrefois contrôlaient les eaux de la Caraïbe, du Venezuela jusqu'en Floride, leur cruauté, les expéditions inouïes dont ils étaient capables ; les indépendances, Bolívar, la bourgeoisie paternaliste, l'influence étrangère et le rêve, le grand rêve rouge de la révolution, de l'unité d'un immense pays allant des glaces de l'Antarctique jusqu'aux déserts mexicains, et les fantômes, tombés sous les balles de l'impérialisme, qui l'avaient défendu, ce rêve, comme Elie lui-même, semblait-il, au cours d'une jeunesse rythmée par les grèves, les dictatures, la répression et les coups d'Etat. Tous ces récits s'enfilaient les uns après les autres, sans logique, au gré de l'humeur du conteur, des livres qu'il avait sous la main, qu'il manipulait à la recherche d'une information, d'une date précise, d'un nom, au fil des romans qu'il lui montrait, des auteurs qu'il aimait ou abhorrait, et elle ne pouvait qu'être fascinée, conquise par la passion plus que par la science du libraire pour qui elle constituait le public rêvé, intéressé et presque ignorant.

Ainsi, chaque matin, et malgré les regards appuyés que l'homme avait pour ses seins, ses fesses lorsqu'elle se levait, en dépit du désir qu'elle sentait poindre dans ce flot de paroles, elle se rendait à la librairie avec grand plaisir, attentive cependant à ne pas être séduite, à ne pas se laisser hypnotiser – il était plutôt beau, élégant, le visage doux, de longues mains soignées, le sourire impeccable, la voix posée, et n'eût été la différence d'âge qui l'intimidait et ses propres spectres, ses propres fêlures qui la retenaient, elle se serait peut-être, si tant est que son séjour ait pu se prolonger, laissée glisser vers les bras et la tendresse de cet intellectuel grisonnant et drôle malgré lui, pour son trop grand sérieux, et maintenant, alors que le bateau semble sur le point de s'éloigner du quai, réfugiée au cœur de sa cabine, seule, elle a le sentiment qu'elle le regrette un peu. Effet sans doute de la fragilité que provoque le départ, elle repense avec une nostalgie certainement exagérée à ce libraire séducteur.

Mieux vaut sans doute laisser là les regrets impossibles et monter sur le pont pour assister à la manœuvre et profiter du spectacle, toujours magnifique, des lumières d'une ville qui s'éloigne. L'averse n'a pas duré et la plupart des passagers sont déjà à la poupe, accoudés au bastingage ; les lourdes amarres sont larguées et le navire – deux ponts, cent pieds de métal à moitié rouillé – s'écarte du quai par la proue, doucement, dans un grand ronflement de diesel. Elle s'attend à chaque instant à ce que retentisse une corne de brume, pour annoncer le départ, mais cette croisière (elle a du mal à dire traversée, dit-on la remontée, pour un fleuve ?) n'est peut-être pas assez solennelle ; personne ou presque n'est là pour agiter des foulards, et aucun passager n'applaudit lorsque le cargo s'arrache de son ponton. Combien sont-ils, d'ailleurs ? Une vingtaine, tout au plus, la majorité silencieux ; seuls quelques enfants commentent le départ, des bras de leurs mères, et signalent, le doigt tendu, les grues, les camions, les embarcations qui encombrent le port. Comme ils s'avancent dans le chenal, la ville apparaît, un grand filet de lignes lumineuses dans la nuit qui tombe ; et alors qu'ils mettent le cap au sud-ouest, elle se sent prise elle aussi d'une joie enfantine, à dénombrer dans le lointain les lumières de la côte disparaissant.

J'avais alors la sensation (la culpabilité, sans doute) d'être moi-même en train de sombrer, non pas dans la maladie de Wertheimer, mais dans celle (au fond, c'est un peu la même) de Werther. Face à ma femme, dans le calme de l'habitude, je me surprenais à soupirer en regardant mon assiette lors du dîner, à me lever la nuit en silence après un rêve trop précis, autant de signes qu'il fallait que je dissimule le mieux possible, elle était trop observatrice, croyais-je, pour ne pas s'apercevoir de mon trouble. Je me forçais à embrasser Aude tendrement deux fois par jour, à me plaindre du peu de temps que nous passions ensemble ; je lui demandais avidement des nouvelles de son travail, de ses patients ; je simulais froidement, selon un plan bien établi, le comportement normal d'un mari amoureux, et c'était facile, bien facile, oui, de m'imiter moi-même, parce que je puisais l'énergie ailleurs, dans un autre visage, dans un autre corps rêvé, dans une autre voix qui m'accompagnait jusque chez moi et m'aidait à paraître, à simuler l'époux parfait, l'amant idéal. Parfois j'étais pris d'étranges remords. C'est la crise de la cinquantaine, pensais-je, tu devrais plutôt tout expliquer à Aude, elle saurait t'écouter et t'aider, mais c'était impossible : la peur de perdre l'objet de mon désir, de perdre ce rêve, qu'il s'évanouisse à peine son nom prononcé m'effrayait – non, s'il y a une chance, même infime, pour qu'à un moment ou un autre elle se laisse attendrir, si jamais elle se laisse séduire, si (sans vouloir pour autant en accepter les conséquences) j'arrive à passer ne serait-ce qu'un jour, une nuit – je tremble en l'imaginant – chez elle, avec elle, alors tout ceci, la simulation, les feintes, aura valu la peine. Je replongeais instantanément dans l'aveuglement le plus total. Elle voudra. Un jour (je n'osais pas prononcer les mots) elle m'accueillera. Je croyais me cacher derrière des sentiments, mais ce que je voulais, réellement, profondément, c'était son corps, ses lèvres, ses seins, son sexe. Mes rêves ne contenaient plus qu'elle, nue, déshabillée, abandonnée, tout l'inavouable me hantait, la nuit, j'allais jusqu'à imaginer (et pas toujours en dormant) de la consoler à l'enterrement de Youri, oui, je voulais qu'il disparaisse, je me voyais fuir avec elle, l'emporter, arriver un jour à son appartement avec deux billets pour les Caraïbes, et ainsi de suite ; je voulais l'emmener dans ce pays que nous avions en commun, en quelque sorte, et qu'elle ne connaissait pas encore, qu'elle ne connaissait qu'à travers les livres, ceux que je lui prêtais, ceux qui m'avaient permis de me rapprocher d'elle, au départ, à travers Youri.

Parfois, après une longue conversation avec Joana, en rentrant chez moi, je me voyais complètement ridicule. Je prenais conscience (c'était très pénible) de mes fantasmes de vieillard, de l'idiotie de ma perversité, du côté maladif de mon comportement, irrationnel, tout comme celui de Youri. J'étais pris continuellement dans ce va-et-vient entre lucidité et passion, entre aveuglement complet de la raison et bouffées de réalité – je passais alors de longues heures dans la chambre de ma fille, dans le noir, au milieu des peluches et des poupées, sans rien faire, à regarder la nuit et à l'écouter dormir, pour me rassurer.

12

Peu après le départ, alors que le port encore tout proche penche le long cou de ses grues illuminées vers l'eau noire, le second du bord – veste trop étroite pour ses épaules larges et osseuses, pantalon trop court pour ses jambes interminables – vient accueillir les voyageurs. Son visage émacié et un rien de perversion, de violence dissimulé dans les yeux lui donnent un air inquiétant, accentué par le ton affecté, prétentieux, qu'il emploie pour leur souhaiter la bienvenue. Il détaille la position des facilités du navire, des embarcations de secours avec un sourire ironique, les horaires d'ouverture du bar, donne quelques précisions quant au plan de navigation ; son insistance à éviter le regard des femmes, ses longues mains qu'il frotte l'une contre l'autre en parlant achèvent de le rendre antipathique.

Elle se détourne pour regarder le port s'éloigner. Le chenal et la longue digue de béton ferment des bassins gigantesques, aux quais interminablement gris sous les lampadaires, interrompus de loin en loin par la haute ombre d'un cargo, et derrière, la ville, impeccablement plate, étend les lignes de ses avenues dans une géométrie si euclidienne – des parallèles, des perpendiculaires – qu'elle contraste avec la nature imprévisible du delta, les volutes, les enchevêtrements des mangroves, les dédales d'eau brune qui délimitent, au sud, la masse obscure du plateau des Guyanes. L'odeur lourde de la vase, les effluves des torchères, les trépidations du diesel transmises par le garde-corps métallique et le paysage immense de la nuit que le bateau semble ouvrir, vers le sud-ouest, tout ce mélange de mouvement et de repos, d'agitation dans le calme, c'est la puissance du Grand Fleuve, si patient et si fort qu'il dépose ses alluvions jusqu'à des dizaines de milles en mer, en plein Atlantique, où les mouettes dorment sur des bancs de silice arrachée aux premières pentes des Andes et doucement roulée, au gré des millénaires, dans son lit large et profond. Cette longue blessure sur la carte, ce tracé rectiligne de l'imagination géographique, le voilà maintenant à ses pieds, elle glisse en son milieu vers une source inexistante, une toile d'araignée de cours d'eau sauvages, de rivières striant les forêts pour rejoindre au hasard les entrelacs amazoniens. Pas de seuil, pas de partage des eaux, aucune frontière à laquelle se raccrocher et, d'après ce qu'elle a lu, seuls les militaires savent plus ou moins quel bosquet, quelle piste envahie de lianes marquent la limite de leur domaine, entre l'Equateur et le Brésil, dans un bassin légèrement creux, sans villes, de milliers de kilomètres d'arbres, de singes et de caïmans.

Une soudaine présence à ses côtés, au bastingage, la tire de sa contemplation. Le second ne dit rien, il attend peut-être qu'elle lui adresse la parole, il regarde lui aussi vers la ville, presque contre elle – elle s'écarte de quelques centimètres. Après une minute de silence gêné, il lui demande si elle n'a besoin de rien, si tout est en ordre ; elle répond que tout va bien. L'homme reste un moment près d'elle, sans rien ajouter, avant de la saluer et de repartir vers d'autres passagers.

Elle n'a pas envie de bavarder ; elle a envie de redescendre à sa cabine et de profiter, seule, des premiers mouvements du bateau – elle n'a jamais su se tenir tranquille, tu n'as jamais su te tenir tranquille, disait maman, eh bien regarde, me voici sur un cargo mixte un peu bancal qui remonte l'Orénoque, sur un coup de tête, dirais-tu avec raison, tu fais toujours tout sur un coup de tête, l'arrivée, le départ, et même l'amour, si je suis partie, c'est qu'il devait être temps, que quelque chose s'était brisé pour me libérer, et je ne vais pas maintenant te donner toutes les raisons, bonnes ou mauvaises, que j'ai d'être ici à regarder défiler le fleuve et le port s'éloigner, ni tout l'espoir que je mets dans cette remontée, tout ce que j'espère y découvrir, y voir, y sentir, ceux, celui que j'espère y rencontrer, de loin, comme une brume le matin à l'aube sur la rivière, vite dissipée, ni les couleurs des oiseaux fantastiques que je chasserai du regard dans les frondaisons, ou la tendresse fugitive des singes, des tamanoirs et des lynx que je ne verrai sans doute pas mais dont je sentirai la présence, toute proche, une fois passées les plaines, les longues plaines qui me reposeront l'âme, fatiguée, tu sais bien que je suis fatiguée, en ce moment, je t'ai raconté, eh bien les plaines où il n'y aura rien à voir, le courant puissant et régulier ajouté au calme du paysage me remettra d'aplomb, me préparera pour les forêts et les fantômes, me bercera, juste ce qu'il faut pour pouvoir profiter, ainsi reposée, de contrées qu'on dit sauvages, dangereuses et inexplorées.

Une fois tout devenu noir, une fois les étoiles de la ville – celles du ciel ne se sont pas montrées,

encore derrière les nuages – quasiment dispa-
rues, et malgré l'agitation sympathique de la plage
arrière, où tous les passagers dînent bruyamm-
ment, elle redescend à sa cabine, et la joie d'ouvrir le hublot, d'écouter le clapotis de la rivière
contre la coque, de sentir sur son visage ces
étranges embruns d'eau douce, le plaisir de savoir
le voyage enfin commencé effacent toute nostalgie. Dans trois jours elle sera à Puerto Ayacucho ;
elle a hâte que le matin arrive et illumine l'immensité du fleuve. Qu'importe la fuite, qu'impor-
tent les raisons du départ, l'excitation prend le
dessus, et Paris lui chatouille la mémoire, nimbée
de la chaleur, de la brume de pollution qui la
voile, orangée, inquiétante, lorsqu'on la regarde
de Montmartre, Paris abandonnée à son sort, elle
a du mal à croire que la capitale existe réellement, si loin, que ceux qu'elle a laissés y poursuivent leurs activités, que ses patients souffrent
de la chaleur, qu'ils guérissent dans leurs lits trem-
pés de sueur, que les touristes bravent encore la
canicule pour monter les marches du Sacré-Cœur,
et ainsi allongée dans la panse remuante d'un
bateau avançant tranquillement vers le sud, dans
le plaisir moite de l'exil, calmée, reposée par les
balancements réguliers de cette matrice rouillée,
dans la veine cave du Venezuela, cette aorte que
je parcours pour la première fois, je cherche à
retrouver les sensations que, petite fille, j'avais
eues lorsque mon père – brun, moustache brune,
c'est tout ce dont je me souviens de précis –
m'avait emmenée rencontrer ma grand-mère,
j'avais trois ans à peine, je revois les photos et ces
clichés se superposent à ma mémoire, fabriquent
mes souvenirs. Cette maison calme d'une banlieue de Caracas, je l'ai vue plus d'une fois en
rêve et sur le papier Kodak tellement manipulé

qu'il en est maintenant jauni, moi, une petite robe rouge, un chapeau blanc dans un jardin magnifique, assise sur le seuil ou dans les bras de ma grand-mère, j'ai encore des sensations vives de ce séjour, des parfums qui m'étreignent par surprise, des goûts, des mots, le matin je me levais de très bonne heure, je sautais de mon lit pour courir réveiller ma grand-mère, et le soir, tous les soirs alors qu'elle refermait sur moi la moustiquaire, mon premier voile de mariée, disait-elle, elle me murmurait *qué sueñes con los angelitos*, rêve avec les anges, que pouvais-je comprendre de cette femme sombre et tendre qui partageait son temps entre la messe, la cuisine et les parties de cartes avec ses voisines, je ne comprenais que sa passion pour moi, je la prenais comme un dû, une compensation pour l'absence douloureuse de ma mère. Combien de temps étions-nous restés, un mois, deux peut-être, maman n'était pas là, trop contente de retrouver un peu de liberté sans sa fille, trop contente que mon père, éternellement absent jusqu'à disparaître tout à fait, assume un peu, juste un été s'il le fallait, ses responsabilités, et il n'avait rien su faire d'autre – ainsi parle encore maman – que m'emmener chez sa propre mère, incapable d'être seul avec moi sans une aide féminine. J'aime croire qu'il était fier, aussi, de me faire découvrir sa famille et sa ville, tout comme je reviens, trente ans plus tard, me glisser dans cette blessure d'eau vive qui balafre son pays pour la remonter jusqu'à sa source, loin de Caracas, de son bruit, de ses montagnes où s'étagent les bidonvilles, puisque je sais, ou du moins c'est ce qu'on m'a fait croire, des années durant, que c'est quelque part sur cette rivière qu'il a disparu, victime peut-être d'une maladie qu'il traînait avec lui depuis Paris où il n'était pas resté, pas même pour sa fille, moi, qu'il aimait pourtant, je le sais, je le vois encore sur les photos – deux, trois clichés pas plus – où nous sommes ensemble. Ainsi poussée par Paris derrière moi et tirée de la main vers le sud par le fantôme de mon père, je m'endors doucement dans ma cabine, les mains sur mon ventre où se tient – fille, garçon – le mystère que je perpétue, incapable, comme ma mère avant moi, de ne pas fuir devant la folie, la chute d'un homme loin de lui-même.

Sans grand espoir, puisque au départ du fleuve il n'y a que le néant vert des forêts, je retourne, comme certains poissons, pondre dans le lit boueux de la rivière.

13

Parfois, lorsque j'écris, je ne peux m'empêcher de relever la tête, et de me mettre à penser aux médecins écrivains. Gottfried Benn était chirurgien, je crois ; Céline généraliste. Tchekhov, je n'en sais rien. Des psychiatres à foison. Des médecins de campagne. Des biologistes. Des médecins militaires, peut-être ; Avicenne, dernier médecin du corps et de l'âme ; Nostradamus, médecin prophétique. Ils viennent me hanter dans l'écriture. Ils me saignent, pour mon bien, disent-ils, me privent de ma force pour mieux me guérir. Dans cette nuit, alors que ma blouse, mes instruments sont bien rangés dans leurs placards, que mes patients, mes opérés, continuent de vivre ou de mourir au loin sans que je les voie, tout replié dans l'intimité de mon bureau minuscule, penché, le bras recourbé sur ma feuille dans cette position typique de certains gauchers, douloureuse à la longue, qui m'oblige à me secouer l'avant-bras toutes les deux pages pour éviter les crampes, ainsi taraudé par l'énigme du corps de l'écrivain, je sens mes confrères illustres me tirer de ma page comme des diables.

Fils de médecin, petit-fils de médecin, comme c'est la coutume, né à Caracas, bon étudiant sans être brillant, doué pour les lettres sans doute grâce à ma mère qui m'offrait des livres sous le regard non pas méprisant, mais plutôt indifférent de mon père. Moi, francophile par tradition familiale, chirurgien passionné jusqu'à quarante ans, par habitude aujourd'hui ; père à mon tour, tardif et attentionné, sportif par conscience professionnelle, mari infidèle en esprit et parfois – peu – dans la chair, ma raison d'être, au fond, la chair, mon *modus vivendi*, soit dit ironiquement, premier médecin écrivain d'Amérique latine, que ses pairs empêchent d'écrire, par jalousie, et ce malgré deux ou trois essais manqués, romans inachevés, montrés avec une émotion d'adolescent et qui n'ont récolté que des sourires de sympathie, de ceux qui vous font jeter immédiatement le manuscrit comme une tumeur juste extraite de l'organe atteint, pourtant le geste était parfait lorsqu'il a eu lieu, mais les hommes ne voient que le résultat, le morceau arraché, le résidu, et pas la technique, la patience, le savoir-faire mis en œuvre pour l'extirper – je me souviens de ma première intervention seul, à Caracas, en urgence, appendicectomie tout ce qu'il y a de plus commun, j'étais tellement fier, une fois l'appendice dans ma main, j'aurais voulu le brandir, voilà, je suis là où je voulais arriver, mais mon père, des centaines de corps ouverts derrière lui, des milliers de gestes, d'incisions, de pratiques, n'y aurait vu qu'un morceau de tissu intestinal plus ou moins enflammé, rien d'autre, on oublie, et moi-même je suis bien incapable, aujourd'hui, de retrouver ce plaisir premier de la victoire, ni blasé ni amer, mais autre, et les grandes ombres que je vois se gausser, penchées sur mes pages et lisant par-dessus mon épaule, me disent exactement cela, tu écris pour oublier le vide et l'illusion de ta condition absurde et bourgeoise, il faut bien le reconnaître, sans rien inventer. Alors je soupire, je les écoute et je laisse le paragraphe en cours pour me retourner, prendre un livre dans la bibliothèque et leur parler, face à face.

Cette passion de l'écrit, du livre, je la partageais avec Youri, depuis le premier jour, dans un mélange de sympathie et d'envie. Alors que mon milieu professionnel ne m'avait guère habitué à parler de littérature, je rencontrai coup sur coup deux personnes avec qui partager allusions complices et débats animés – à part Aude, bien sûr, les psychiatres psychanalystes ont toujours eu un côté littéraire, c'est bien connu, ils font leur pratique du langage. Ton problème, me disait Youri, ce n'est pas les livres, c'est surtout que tu es totalement dépourvu d'humour, absolument, Ignacio tu es mortellement sérieux, à peine un sourire, jamais un rire, et ta femme, excuse-moi, mais elle aussi, le plus drôle qu'elle arrive à sortir c'est un jeu de mots lacanien incompréhensible. Pourtant les Sud-Américains sont drôles et intelligents, tu es l'exception qui confirme la règle. Il aimait me provoquer, se moquer de moi ouvertement, souvent tendrement, et malgré la différence d'âge (il avait tout juste trente-deux ans quand nous nous sommes rencontrés), malgré mon côté docte et trop sérieux, je savais qu'il m'appréciait, tout comme moi, comme une perle rare. Où est l'humour de carabin, Ignacio, vous n'avez pas de carabins, au Venezuela, on ne peut pas tout avoir, du pétrole et de l'humour, vous avez des plages, de jolies filles et du pétrole, c'est déjà ça, mais pour le reste, je préfère de loin la Colombie. Un médecin russe en revanche a de l'humour, disait-il, lui dont la famille avait quitté Pétersbourg en dix-sept, il rit facilement des malades, des pauvres, des popes, et de ses confrères. Il se lançait dans des dialogues imaginaires hilarants (je le sais parce que Joana en riait aux larmes) entre un chirurgien et un médecin, et jusqu'en plein bloc, au milieu d'une intervention longue et difficile, il faisait mourir de rire les infirmières et l'anesthésiste en parlant à la place du patient sur la table d'opération – il savait s'adapter à son public, passer du registre salace et machiste à l'humour médical, toujours au bon moment, une espèce de savoir social, une magie qui me fait totalement défaut, j'en conviens.

Bien évidemment, Joana était fascinée par Youri. Je lui dois de l'avoir réellement rencontrée, même si je la fréquentais souvent, jeune et excellente assistante de bloc, infirmière parfaite, j'avais été frappé par sa compétence, rien de plus, mais Youri, comme il disait, "savait voir à travers les blouses", et elle aussi, attirée comme elle l'est par les causes perdues, elle a su deviner, en une conversation, l'inquiétude, l'angoisse derrière ce sourire trop tranquille pour être honnête, elle me l'a raconté : j'ai toujours été avec des types à problèmes, me dit-elle, il n'y a qu'eux qui m'attirent, réellement, même si au début ça ne se voit pas, au fond je pense que je reproduis quelque chose, de ma mère peut-être, enfin, c'est ainsi, c'est peut-être pour ça que je suis infirmière, un jour j'irai m'allonger sur un divan pour en parler, dit-elle en souriant. En une semaine, Youri l'avait séduite, je n'étais pas encore jaloux, juste un peu intrigué, il passait son temps à la provoquer : il y a chez l'infirmière une modestie toute féminine, disait-il pour la faire enrager, et l'émancipation de la femme fait beaucoup de tort à la médecine en général et à l'hôpital en particulier, on laisse croire aux jeunes filles qu'elles peuvent devenir médecins, et pas seulement gynécologues ou pédiatres, alors qu'avant elles rêvaient d'être infirmières, sages-femmes, ou puéricultrices. Du coup, il y aura bientôt plus de médecins que d'infirmiers, dans cet hôpital. (Il était dans le vrai, il devenait plus difficile de trouver un infirmier qu'un cardiologue, pour peu qu'on aille le recruter au Liban ou en Serbie. Rien que chez nous, dans notre petit monde, il nous en manquait une dizaine, qu'on remplaçait, comme on pouvait, par des aides-soignantes.) Elle se mettait en colère c'est une question économique, Youri, tu le sais bien, si on nous payait dignement, comme vous, si on valorisait plus notre travail, si la médecine hospitalière n'était pas pleine de machos comme toi, on en trouverait, des infirmières. On nous demande d'être chaque fois plus formées, plus efficaces, plus disponibles, et cætera, nos responsabilités, et cætera, ils se prenaient le bec tous les deux pendant des heures, pour le simple plaisir de se chamailler, dans cette parade nuptiale qui précède (c'est ainsi que je le voyais, en tout cas) l'accouplement.

Je n'étais pas jaloux, juste curieux. La jalousie est venue plus tard, sournoisement, elle s'est infiltrée dans mon sommeil, bien après. Difficile de savoir quand exactement, un an, deux ans plus tard, il y a quelques mois à peine, quelques semaines, on se réveille un jour alors que tout le travail est déjà fait, on se réveille en pleine nuit le sexe tendu vers une absence, le désir y pose un nom, un visage, parfois masqué, parfois non, et on avance alors comme un automate vers l'objet désigné par le songe. Le rêve désigne et la veille confirme : je n'arrivais plus à la regarder dans les yeux, du jour au lendemain, ou presque, je me surprenais à observer ses jambes, ses mains, je m'éveillais à sa présence, à la frustration constante que supposait sa présence. On a coutume de dire que ces situations correspondent à un état de lassitude, de paresse, de remise en question, dans le couple ; rien n'est moins vrai dans mon cas, et si mon sentiment de culpabilité transforma par la suite mon rapport avec Aude, dans un premier temps mon amour et mon désir matrimonial (appelons les choses par leur nom) restèrent absolument inchangés. Au-dedans, Aude ; au-dehors, Joana. Et le joli chapeau de feutre vert que l'on m'avait offert cette année-là pour Noël me semble l'accessoire symbolique s'adaptant le mieux à cette ambivalence de l'âme, l'homme au chapeau à l'extérieur, l'homme sans chapeau à l'intérieur, le couvre-chef séducteur en ville, l'homme tête nue, cheveux blanchissants, chez lui. A peine ma porte franchie pour me rendre à l'hôpital, où je savais que j'allais la voir, à peine mon chapeau sur la tête (l'hiver était froid, cet hiver-là fut particulièrement froid), aussitôt j'enclenchais la machine à rêver éveillé, la machine à conspirer pour me rapprocher d'elle. Par Youri, bien sûr ; plus j'en étais jaloux et plus j'étais contraint de le voir. Au début nous organisions déjeuners, dîners, excursions. J'explorais ce plaisir pervers qui vous fait profiter de l'objet de votre désir en la présence de celui-là même qui vous le vole toutes les nuits.

J'allai jusqu'à les inviter à dîner, un soir, tous les deux, à la maison ; Youri était déjà venu, mais Joana, bien évidemment, jamais. Aude la trouva charmante, vive et intelligente, ce doit être une infirmière extraordinaire, ce fut son commentaire – la pauvre, ajouta-t-elle, Youri va lui en faire voir de toutes les couleurs. Elle avait tout de suite remarqué cette façon qu'il avait de l'humilier en public, de la rabaisser subtilement, de mettre le doigt sur ses défauts, d'insister sur son métier au fond subalterne, et Joana ne savait que répondre, désemparée, elle nous regardait avec l'air de s'excuser pour lui : ne faites pas attention, il a un peu bu ; Aude lui renvoyait un signe, un sourire, qui selon elle voulait dire méfie-toi, cet homme est dangereux.

Elle ne voyait pas que son propre mari était aux petits soins pour l'invitée, que je n'avais d'yeux que pour elle, que je lui avais montré pendant plus d'une heure des photos de Caracas et du Venezuela, assis côte à côte dans le canapé, presque l'un contre l'autre, pendant qu'Aude s'occupait d'Ilona, du rituel du dîner et du coucher. Youri inspectait mes livres, debout devant les étagères, commentait mes goûts ironiquement ; parfois il s'arrêtait plus longuement devant un titre qu'il n'avait pas lu, ou un auteur qu'il ne connaissait pas. Il n'avait de cesse qu'il ne m'emprunte des ouvrages qu'il me rendait presque aussitôt, sans les lire, je le soupçonnais de ne pas réellement comprendre l'espagnol, du moins pas autant qu'il voulait bien le dire. Les photos que je commentais avec Joana dataient pour la plupart de notre dernier voyage en famille, l'année précédente, à Caracas et Maracaibo, surtout pour qu'Ilona, devenue suffisamment grande, puisse découvrir ce pays qui était aussi le sien – ma famille, le peu qu'il en restait, ne m'importait pas vraiment ; les paysages et la langue de ma jeunesse me supposaient chaque fois un choc désagréable, et le retour à Paris, après trois semaines ou un mois à essayer de redevenir un autre, me plongeait dans une nostalgie stupide. Mais pour Joana, je parlais de ces clichés avec ferveur ; je lui expliquais les lieux et les personnages, j'essayais de lui montrer, autant que je le pouvais, d'où venait son père, qu'elle n'avait presque pas connu, ce qu'était réellement ce pays morcelé et sans âme.

Youri nous regardait avec un sourire ironique. Il était debout devant nous, depuis un bon moment déjà, il nous observait, l'un contre l'autre sur le canapé. J'ai la certitude qu'il a soudain vu clair dans mon jeu ; il était intrigué, il y avait un peu de défi dans ce sourire, un intérêt pour ce qu'il venait de découvrir, une curiosité, que le meilleur gagne, semblait-il dire. Je me suis senti rougir, cela ne m'était pas arrivé depuis bien des années ; j'ai replongé les yeux dans les photos et continué à parler à Joana, la voix soudain un peu tremblante.

Evidemment, comme on pouvait s'y attendre, il passa le dîner à se rendre détestable, et je ne pouvais m'empêcher de penser qu'il agissait ainsi pour moi, pour me montrer qu'il souhaitait la perdre, qu'il voulait qu'elle le déteste, pour m'aider – c'était ridicule, mais ses manœuvres me mettaient mal à l'aise ; il multipliait les allusions que moi seul pouvais comprendre, peut-être mon imagination ajouta-t-elle à mon trouble, lorsqu'il fit glisser la conversation sur une adaptation cinématographique récente de *Madame Bovary* dont tout le monde parlait, en insistant sur ma ressemblance avec l'acteur qui jouait Charles et en ajoutant, comme si de rien n'était, je sais bien que tu préférerais ressembler à Rodolphe.

Après leur départ, j'étais à la fois triste et en colère ; Aude, comme à son habitude, analysait les gestes, les phrases de Youri, et en arrivait toujours à la conclusion qu'il était au bord, au seuil de quelque chose de grave.

Il cherche à se détruire, disait-elle. Et ce genre d'homme emmène toujours quelqu'un avec lui vers le fond, ne serait-ce que pour avoir un spectateur.

14

Il y a des couteaux qui s'ouvrent dans le noir, au
cœur bien gardé du sommeil. Des lames qui
scintillent au lieu des étoiles. On frémit, on peut
à peine crier ; paralysé par une peur sans objet,
on souffre comme un enfant, sans raison, menacé
par ce que l'on croit, dans le jour, être un incident sans conséquence de la psyché, un accident
du songe ; repliée, dans la chaleur, elle sue en
gémissant. Elle est nue sur une table de marbre,
dans une grande salle vide carrelée de blanc ; un
bistouri lui ouvre la poitrine, sans qu'elle puisse
crier ; elle suit des yeux la main gantée du chirurgien, son geste précis, comme elle en a vu des
milliers ; la peau s'entaille comme par magie, net-
tement, au long de la ligne noire tracée près de
son sein et elle sait très bien ce qui va suivre, pas
à pas, c'est bizarre qu'elle soit nue, elle a très mal
au côté gauche, elle a deviné pourquoi on l'opère,
elle a peur, elle se sent saigner de toutes parts, et
le chirurgien n'a pas l'air de s'en apercevoir, il
poursuit sa manœuvre, précise, patiente, alors
qu'elle se vide de son sang, elle le sent dégoutter
le long de la table, par terre, comment est-ce possible, d'où peut-elle bien saigner, on lui retourne
le sein comme un gant, un fluide jaunâtre s'en
échappe, du pus, de la graisse, et se mêle au sang
pour suinter dans les rigoles du marbre, une

grande douleur, elle aimerait s'échapper, mais elle est clouée sur la table, elle voudrait hurler, mais elle ne peut que contempler, paralysée, son corps se vider, tout s'enfuit, tout s'en va, alors que les mains du médecin, si calmes, si tranquilles, poursuivent leur office dans sa poitrine, et c'est elle-même, elle est bien consciente que c'est impossible, qui tend un par un les instruments, les drains qui la vident, les métaux qui la transpercent, en riant, en s'amusant de la qualité de l'abcès, de la forme de la glande qu'on lui retire, boursouflée, violacée, striée de vaisseaux exsangues.

Et même une fois réveillée, l'obscurité de sa cabine retient toujours la peur – il lui faut passer ses mains sur son corps et allumer la lumière pour chasser peu à peu l'angoisse, et encore, son cœur met longtemps à se calmer.

Elle se lève et rapproche son visage du hublot. Il y a quelque chose de charnel et de décomposé aussi dans l'air, des fleurs, peut-être, ou l'odeur de marée morte du fleuve se mêlant au parfum aigre-doux d'un bateau chargé d'ananas.

La frayeur passe. Le rouge du fanal qu'elle aperçoit de sa couchette l'hypnotise jusqu'à la rendormir.

*

En voyage, que cherche-t-on ?

Elle vérifie, s'ausculte, s'écoute un instant, se fouille, mais rien. En étant très attentive, elle pourrait peut-être ressentir une légère douleur. Le sang devient vite une obsession. Sa venue, son retard, son silence ; elle se perd dans les comptes, une main sur le ventre. Elle sait qu'elle se trompe, elle espère ne pas se tromper. C'est impossible, il y a tant de facteurs, le changement de climat, d'habitudes, l'exil, les souvenirs qui ont leur façon à eux d'ensemencer, de féconder ; dérèglement passager et normal, maladie, troubles mentaux, gravité, les possibilités sont innombrables. Dans le matin éclatant, elle sent ses seins écrasés contre le matelas par la chaleur sur son dos, peut-être sont-ils plus gros qu'hier pour qu'elle les sente ainsi, qui sait ? Elle se réfugie sous la douche pour effacer toutes les traces du cauchemar de la nuit. Elle se lave du sommeil. Elle mouille ses longs cheveux emmêlés, malgré l'odeur de vase de l'eau sans doute directement pompée du fleuve, elle les masse longuement avec le shampooing, les rince, regarde son corps bruni se refléter dans la glace du lavabo, son corps dur et un peu maigre qu'elle a du mal à trouver beau même bronzé, quand il prend pourtant sa jolie couleur, couleur d'animal, de jungle.

Par le hublot, elle voit que le bateau est toujours en mouvement. A tribord, là où donne sa cabine, on n'aperçoit que l'eau parcourue de vaguelettes. Il est tôt, sept heures du matin, et le soleil frappe déjà dur contre le métal de la coque. Elle a faim. Un peu. Envie d'un café surtout ; elle monte sur le pont. Elle ne croise personne dans sa coursive, sur l'échelle de coupée non plus. L'affreux second qui lui a montré sa cabine, qui a accueilli les passagers sur le pont, n'a heureusement pas réapparu.

A l'arrière, il y a déjà du monde, assis sur les chaises en plastique ou accoudé au bastingage ; à bâbord, la côte n'est plus qu'un filet de brume sombre. Aujourd'hui, pas d'escale avant le soir, si elle se rappelle bien le programme. Elle achète un café et une grosse rissole à la cafétéria, le serveur est plutôt bourru, peu bavard. Elle s'assoit à une table près de l'eau, sous un grand taud qui fait un peu d'ombre, et elle se prend à sourire toute seule de la magie de ce petit-déjeuner, en plein air, au milieu de l'Orénoque ; un long minéralier glisse à leurs côtés, à quelques encablures, et de minuscules oiseaux noirs virevoltent autour du pont pour saisir les miettes de pain que les voyageurs leur tendent. Personne ne vient l'importuner, personne ne dérange sa solitude ; elle est une passagère comme une autre, et la côte encore lointaine va petit à petit se rapprocher pour briller de toutes ses prairies.

15

La première fois que vous ouvrez un corps vivant, doucement allongé, profondément endormi par la magie de l'anesthésie, les muscles détendus par les curares, la première fois que vous passez délicatement, une caresse, la lame au long de la ligne noire qui délimite la zone d'intervention et que vous voyez comment la peau s'ouvre et se retire pour laisser la place au chaos ordonné des viscères, la première fois que vous plongez non plus avec un scalpel maladroit dans un mort, mais précautionneusement, ému, dans un être encore présent, sous le regard bienveillant, ému lui aussi pour vous, d'un professeur paternel, lorsque pour la première fois les veines et les artères sous vos yeux battent et qu'il vous appartient de déplacer, de déranger cet ordre, ce plein rosâtre pour atteindre la chose à réparer ou à extraire, sans hésiter, sans trembler, un vide étrange se crée dans votre tête. Vous ne pensez à rien, vous contrôlez les gestes que vous avez vus, observés, répétés mentalement ; incapable de parler à part pour demander un instrument vous disparaissez dans les chairs, vous vous enfoncez, et au sortir du corps, lorsque la mission terminée vous jetez vos gants, vous avez la sensation de revenir à la conscience, d'avoir été, une demi-heure, une heure durant, un acteur, un masque, quelqu'un d'autre, vous repensez à ce que vous venez d'accomplir, pour la première fois, c'est un vertige, je l'ai fait, c'est fini déjà, voilà, mais ce n'était pas moi, je me sens plus léger, et longtemps encore j'aurai cette sensation d'altérité, de revenir à moi comme le patient une fois l'opération achevée, jusqu'à ce que la pratique entre en moi et efface petit à petit cette émotion débutante pour la remplacer par la routine de l'expérience, mais ce ne sera pas moi non plus, ce sera un homme plus âgé rompu à toutes les techniques et toutes les difficultés, un autre masque, qui deviendra lourd, pesant, et arrivé à la cinquantaine, l'ennui se substituera à la passion sans que je puisse comprendre comment il est possible d'en arriver là, de passer de cette incroyable émotion première au détachement blasé du plombier morose.

Pourtant, enfin, l'hôpital changeait un peu. Même si je m'entendais parfaitement avec mes collègues, je ne leur parlais presque que de médecine, c'est-à-dire de tout et de rien, comme on le fait avec des compagnons de travail, dont la plupart, après dix, quinze ans de pratique, vous sont des inconnus si familiers qu'ils en viennent presque à vous manquer pendant les vacances, esclaves que nous sommes des visages, des voix, des mains serrées chaque matin, des heures et des heures passées côte à côte. Entre Youri et Joana, j'entretenais la douce illusion que mon office s'ouvrait enfin sur autre chose que l'état de M. X ou la terrible nourriture du self, que les plaintes et les gémissements constants du personnel (bien plus difficiles à supporter, à la longue, que ceux des patients) se voyaient compensés par les cinq minutes où je descendais prendre un café avec elle, le plus souvent seul à seul, puisque Youri, depuis quelques semaines, ne daignait plus se joindre à nous. Ils étaient arrivés au bon moment, c'est certain, l'un comme l'autre, dans ma vie ; le plaisir, la nouveauté induite par la naissance de ma fille commençait, après dix ans, à s'estomper dans l'habitude, et la cinquantaine, malgré tous les chapeaux que l'on m'offrait, me semblait certes l'âge de la plénitude, mais surtout celui de l'ennui d'une interminable fin d'après-midi.

Joana se régalait de ma bibliothèque. Au cours des mois qui suivirent notre rencontre, elle lut presque tous les livres que je possédais. Elle les commentait en me les rendant, dans une petite note manuscrite où elle écrivait ses impressions. Je choisissais alors un autre roman dans mes étagères et rédigeais à mon tour un bref commentaire que je glissais dans l'ouvrage avant de le lui remettre. Le dialogue qui s'instaura ainsi était truqué dès le départ ; je choisissais les livres pour leur possible double sens, dans l'espoir qu'elle les lise en pensant à moi, et j'essayais de guider vers moi sa lecture. Vers moi, c'est-à-dire vers le désir que je voulais qu'elle ait pour moi, ces livres étant, j'en étais convaincu, le meilleur de moi qui les avais lus à défaut de les avoir écrits, ils ont fait de moi ce que je suis plus sûrement que ma mère elle-même, qui me les confiait pourtant déjà. Joana n'y voyait rien. Elle me remerciait, écrivait quelques appréciations ; je sentais son goût se former petit à petit, trop semblable à celui de Youri : parfois, en lisant ses quelques lignes, j'y décelais des phrases, des expressions à lui et je l'imaginais, le soir, dans son lit, une fois le roman posé sur la table de nuit, faire la leçon à Joana sur Onetti ou Vallejo qu'il n'avait pas lus, ce qui me mettait en rage. Je prenais alors un roman absolument différent, d'aventures, par exemple, de Monfreid ou Kessel, et je rédigeais ma lettre. J'y parlais de voyages, du monde, du danger, de la mer, et cætera, pour montrer mon côté le plus charmeur, le plus aventurier. Au fond, ce que je désirais, c'était écrire moi-même, enfin, un récit dont elle serait la protagoniste, sans rien y cacher de mon désir. Un aveu, dont j'aimais penser qu'elle le lirait mal, comme l'héroïne du sonnet d'Arvers, sans se reconnaître ; elle n'imaginerait jamais l'inimaginable, aussi, par pudeur autant que par lâcheté, les quelques poèmes secrets (quelle honte) que je lui écrivis ou les premières lignes de ce roman restèrent bien cachés dans leur chemise, sans qu'elle en sût jamais rien : je me contentais de lui remettre les mots des autres, par paquets, ceux qui m'étaient les plus chers, ceux, au fond tout aussi intimes, qui la reflétaient pour moi le plus fidèlement.

Youri jouait au chat et à la souris. Dans ses limbes, je savais qu'il avait deviné mon trouble, et la main que je sentais derrière celle de Joana, dans ses commentaires prétentieux, ne cherchait qu'à m'atteindre. Il était distant, plus ironique que jamais ; je pensais naïvement, au départ, qu'il était en quelque sorte jaloux, à son tour, de mes tentatives de séduction pourtant sans grand danger. C'était bien mal le connaître ; il ne s'agissait pas tant de jalousie que de curiosité malsaine, de plaisir à imaginer mon embarras, croyais-je, et cette étrange dépression dans laquelle nous le voyions s'enfoncer chaque jour davantage, l'alcool et la tristesse qui l'envahissaient m'étaient d'autant plus douloureux que j'imaginais d'en être responsable. Quand nous nous apercevions, il ne manquait pas une occasion de faire une remarque assassine, Joana n'est pas avec toi ? demandait-il en souriant, par exemple, ou, plus directement encore, comment vont les amours ? Et il m'était atrocement difficile de ne pas rougir et m'embrouiller, alors qu'il eût fallu répondre du tac au tac, en souriant, tout comme lui – je n'étais capable que de baragouiner un "euh, je ne sais pas", en regardant mes chaussures pour éviter d'avoir à lever la tête vers ses yeux qui semblaient de plus en plus enfoncés, plus il maigrissait plus il paraissait cadavérique, immense fantôme flottant dans sa blouse. Je finissais par répondre un "Aude va bien, merci", absolument pas naturel, et changer de sujet ; il n'insistait d'ailleurs pas : il lançait sa pique, c'est tout, il embrayait sur son programme de la journée, sur les nouveaux bâtons qu'on lui avait mis dans les roues, sur l'incompétence d'un tel ou d'une telle, sur je ne sais quelle machine dont il avait lu un descriptif dans une revue, ou sur les résultats de telle ou telle technique, avant de repartir à ses affaires. Je n'avais qu'une peur, c'était qu'il parle de moi à Joana, qu'il lui dise tu ne t'es aperçue de rien ? et c'était une douce frayeur, car au fond je souhaitais qu'elle sache, enfin, une bonne fois, je voulais que ce jeu adolescent aille jusqu'à son dénouement logique : qu'elle vienne un jour vers moi toute gênée mais en même temps heureuse, flattée, on m'a dit que tu as dit que tu avais des sentiments pour moi, comme au lycée, mais ces pensées absurdement niaises, je les écartais rapidement. Le jeu de Youri était bien plus complexe et nous dépassait tous, c'était un affront à son intelligence que d'imaginer qu'il pourrait, aussi vulgairement, me dénoncer ainsi et perdre, du même coup, l'intérêt que pouvait représenter pour lui cette situation.

Ces raisonnements tordus, je les tenais malgré moi. Ils s'effaçaient une fois la porte de mon appartement franchie, où il ne restait plus que Joana, diffuse, loin de la folie grandissante de Youri. Elle se reflétait doucement dans toutes les activités domestiques, jusque dans le corps d'Aude, le soir ; la présence de ce spectre de désir était discrète, je l'oubliais longtemps, jusqu'à ce qu'un parfum anodin ou un geste qui paraissait sans importance vienne me la rappeler, et me pousse alors irrésistiblement à m'enfermer dans mon bureau une bonne partie de la nuit, seul avec elle sur mes pages, pour y déposer mes fantasmes et la toucher, comme à présent, bien plus tard – je la frôle dans l'encre, aujourd'hui, et l'écriture est peut-être le seul moyen que nous ayons d'atteindre, de parvenir à l'autre, je peux prendre sa place, la voir, la faire tourner sous mes yeux, et même, comme un golem troublant, la tirer de la boue du fleuve pour la ramener vers moi, interrompre le voyage où elle m'oublie, sans doute, et me rappeler à elle.

La rappeler à moi, dans une longue lettre comme un miroir, qui n'est pas plus une illusion que ce que j'imagine de la chute de Youri ou des sentiments d'Aude : à deux pas de moi, elle dort derrière cette cloison, elle dormait derrière la cloison sans imaginer, les deux pieds bien plantés dans ses certitudes, que je sapais, en rêve, la terre où elle se tenait si droite, Joana en moi comme un arbre à planter.

16

La veille de son départ, ce café qu'elle boit à présent sur le fleuve, elle l'a pris à la librairie, en compagnie d'Elie, pour la dernière fois. Même si leur relation est récente et superficielle, il y a une certaine émotion, une tension dans leurs paroles, ce matin-là ; Elie, cheveux blancs, sourire doux et tendre, est peut-être moins bavard que d'habitude, et elle, même sans être spécialement affectée par cette séparation (pourquoi le serait-elle ?), elle ressent un peu de gêne pour ce désir encombrant, qui restera sûrement à jamais suspendu en l'air, entre eux. Comme pour briser prématurément un objet trop fragile dont le temps ou une quelconque maladresse finirait par avoir raison, peut-être conscient qu'il est sur le point de perdre quelque chose, Elie se remet à parler de la vie de San Pedro Claver, avec passion et emphase, et elle n'arrive pas à comprendre pourquoi ce rouge, ce gauchiste, lui qui, dans sa jeunesse, était de toutes les révolutions, s'intéresse tant à ce saint évangéliste des esclaves ; elle cherche une clé, un sens caché à cette passion, sans le trouver. Le livre à la main, il raconte ; imagine, dit-il en la regardant dans les yeux, imagine que Carthagène était une capitale, par décret royal, du trafic d'esclaves, de l'ébène vivant, d'Angola, de Guinée, de toute l'Afrique ; une dizaine de bateaux chargés de nègres, de négresses et de négrillons arrivaient chaque année. Lorsque le navire touchait terre, les Noirs qui pouvaient encore marcher après un mois de traversée descendaient les premiers, persuadés qu'on allait les abattre sur-le-champ, qu'ils avaient fait tout ce voyage pour mourir ; tous croyaient que le rouge du drapeau de la couronne était peint avec du sang humain. On ne les tuait pas tout de suite. On les vendait d'abord, par lots, aux exploitants des mines et aux planteurs. Dans les cales du bateau restaient les malades et les agonisants ; on les achevait avant de les brûler en compagnie de ceux qui étaient morts pendant la traversée, morts de peur, de dysenterie, d'infections, de fièvres, du mal de mer ; c'était du bois, de la chair sans âme, on les brûlait dans un recoin, à l'arsenal, là où on calfatait les galions, parce que l'odeur du goudron et de la poix, pensait-on, purifiait l'air des pestilences.

Elie lui montre des gravures, dans le livre. Sur une esplanade étroite, au cœur de la vieille ville, se dresse une église de petites proportions, de pierre ocre, une façade baroque, simple, flanquée d'un bâtiment blanc ; au fond d'une nef obscure, le maître-autel recèle les reliques du saint. Le cloître est une grande cour caraïbe blanche, à arcades, envahie d'arbres immenses qui la plongent dans une ombre douce ; elle observe, l'ouvrage à la main, les troncs fins et clairs des palmiers, les plantes grimpantes, rendues dans un luxe de détails par le graveur.

Elie rapproche sa chaise, il la touche presque ; elle comprend son manège, mais ne s'écarte pas, peut-être pour ne pas le vexer.

— Tu vois, regarde ce puits, au milieu de l'image. C'est ici que notre saint baptisait les nègres. Des milliers. Missionnaire, il s'était pris de passion pour eux. Il était toujours le premier à monter dans les navires pour oindre les agonisants, dans l'enfer des cales, qu'ils décèdent chrétiens. Ensuite il baptisait les vivants. A la chaîne, c'est le cas de le dire ; il leur donnait une âme, quelque chose à perdre en mourant, il se faisait comprendre par gestes, par un regard, je ne sais comment, il leur donnait l'esprit en latin, un par un, là, tout bardés de fer qu'ils étaient, il n'épargnait ni son temps ni sa peine, c'était sa mission, les Noirs repartaient, ils étaient entrés au Nouveau Monde par la grande porte du goupillon, et ceux qui ne pouvaient repartir, il les aidait à bien mourir. On n'a jamais vu entreprise plus inutile, pensaient les négriers, baptiser un contingent de nègres moribonds. Aux esclaves de la ville, il dispensait le catéchisme, à l'aide d'interprètes, il leur expliquait le salut, le destin, la libération de l'âme, il y a saint François prêchant aux oiseaux et San Pedro prêchant aux esclaves, et c'est sa folie totale, absurde, qui me fait dire qu'il mérite sa canonisation, tout comme Las Casas avec les Indiens, qui lui n'y a pas eu droit car il manque de miracles et était dominicain. Imagine, quelle immense folie, ce jésuite, baptiser les nègres ! Les indigènes, passe encore, mais les Noirs ! Des milliers d'hommes et de femmes qui arrivaient chaque année d'Afrique pour servir les colons, auxquels, à peine débarqués, on offrait la religion du maître en cadeau, vous étiez vivants et païens comme des bêtes sauvages, vous serez moribonds et chrétiens comme des animaux domestiques, le baptême, c'est un autre anneau de fer, pensaient-ils peut-être. Pourtant il n'y a rien de plus absurdement désintéressé sur terre que ce missionnaire, rien de plus terriblement sincère. Regarde, voici sa maison.

Une autre gravure. Elie se penche contre elle, elle sent son parfum agréable, sa voix charmante, ils sont épaule contre épaule, à présent.

Le bâtiment attenant au cloître est en réalité la petite demeure du prêtre, sa mission. Elle imagine l'intérieur, l'odeur de cire, mêlée à quelque chose comme du clou de girofle ou de l'antimite.

— Remarque bien, poursuit Elie, comme on a voulu préserver la sobriété de l'endroit.

Les murs sont juste passés au blanc d'Espagne ; un petit crucifix semble perdu au milieu d'un grand couloir.

— Galerie de portraits et de souvenirs.

Sur une double page, des peintures d'époque montrent le saint baptisant des esclaves enchaînés, soignant, guérissant des lépreux, catéchisant des Noirs à la mission, avec l'aide de ses interprètes.

— Et voilà son visage. Regarde comme il est beau.

C'est un portrait doux, comme une icône, de petite taille ; juste un visage ; il porte la calotte rouge, il est entouré d'une lumière dorée. Ses épaules sont revêtues d'un habit noir, et ses yeux sombres regardent vers la droite, légèrement vers le bas, vers les hommes.

— La détermination et la douceur de cette figure. On sent sa folie sérieuse et sa compassion, si épaisse qu'on peut presque la toucher. Je l'imagine dans son village natal, en Catalogne, lisant la *Légende dorée* dans les pas de saint Ignace, avant de s'embarquer pour les Indes à Tarragone. Il baisait les plaies purulentes des esclaves, dit-on, et quand il ne pouvait réprimer un mouvement de recul, de dégoût devant une atrocité, il se châtiait, toute la nuit on l'entendait se fouetter avec passion. Voici sa chambre. Sa cellule, plutôt.

Autre image : une pièce carrée, blanche ; un lit noir, presque une cage de fer torsadé ; une chaise, une croix, rien de plus ; la photo provient du petit musée qui lui est consacré, dans son couvent.

— C'est ici qu'il se donnait la discipline. Il dormait peu. Il baptisait les enfants mourants dans les cales des navires, parcourait la campagne pour évangéliser les esclaves, les soigner, quel grand homme, quelle folie ! On vient de partout pour prier sur ses reliques, ses ossements, son crâne, *memento mori*, esclaves, soupire Elie avant d'attraper, délicatement, comme pour refermer le livre, la main qu'elle avait laissée posée sur la page, et la surprise, la douceur de ce contact lui provoque un bref frisson qu'il interprète comme un mouvement de recul, laissant immédiate ment, comme si de rien n'était, les doigts qu'il a pris dans les siens.

17

Longtemps, chaque soir, ma fille pleura avant de
s'endormir.

Elle commençait par geindre, tout doucement,
de sa petite voix, puis elle hoquetait, par instants,
avant de pleurer, de crier de plus en plus fort,
pour finir par hurler à pleins poumons, désespérée. Elle voulait que nous entrions dans sa chambre pour la prendre ; elle avait peur du sommeil
noir où elle était sur le point de disparaître, et elle
luttait de toute la force de ses poings minuscules
pour rester éveillée, pour alerter, pour taillader le
cœur de ses parents jusqu'à ce qu'ils viennent,
laissant leurs résolutions derrière eux, l'arracher
aux larmes d'angoisse qui lui coulaient le long
des joues et aux cris de douleur, terrifiés, que la
nuit et la glissade, la pente vers le néant lui faisaient pousser, de plus en plus intenses, de plus
en plus déchirants, elle ne comprenait pas pourquoi on la laissait seule ainsi face à la nuit qui
l'envahissait en lui piquant les yeux, chaque soir,
elle pleurait avant de s'endormir et ces appels
insoutenables pour l'humanité qui y perçait,
pour leur douleur universelle qui nous boulever-
sait, cette petite chose fragile hurlant dans le noir
nous forçait à nous précipiter, vaincus, pour la
réconforter et la prendre un instant dans nos bras,
la couvrir de baisers qui ne savaient rien empêcher

de sa tristesse, elle reprenait dès que nous la mettions à nouveau au lit, de plus belle, à cause de nos caresses mêmes qui retardaient seulement l'inévitable en lui donnant le goût plus amer encore des bras tout juste perdus, de ce souvenir d'un bonheur à peine disparu, si présent que le noir, le basculement dans la nuit devenait alors une torture, j'entendais ses cris, elle pleurait sur notre injustice, sans comprendre pourquoi rituellement nous l'abandonnions au moment où elle avait besoin de nous, justement parce qu'elle avait sommeil et que le sommeil l'effrayait.

Aude, malgré son savoir, son expérience avec les enfants, souffrait autant qu'elle, plus peut-être ; elle tournait, marchait de long en large dans l'appartement en se bouchant les oreilles, en hésitant, en se retournant vers moi, désemparée, la raison abdiquée, irrationnelle, elle pouvait penser avec ses patients, comprendre, agir, décider logiquement, mais ici, à la maison, face aux pleurs d'Ilona chaque soir dans son lit, elle était incapable, tout comme moi, d'adopter une conduite raisonnable, de dire la vie est ainsi, les bébés doivent apprendre à dormir, elle ne pouvait se résoudre à l'abandonner, comme elle disait, je ne peux pas abandonner cette enfant, elle souffre, je vais la prendre, et elle courait jusqu'à la chambre avant de s'arrêter devant la porte, d'hésiter, de me regarder, de me demander depuis combien de temps elle pleurait, de rester comme hébétée avant de finir par entrer et de regretter, une fois Ilona calmée dans ses bras, qu'il faille de nouveau la mettre au lit, les traces des larmes encore sur ses joues, les lèvres tremblantes.

C'était au moment où Ilona pleurait tant la nuit, un soir, j'avais vu son visage, par hasard, une seconde, et je n'étais plus moi-même, au milieu de tant de cris et tant de douleur incompréhensible et inacceptable, ma petite fille minuscule qui pleurait dans son lit, je pensais encore à cette douleur, à l'hôpital et le lien s'est fait en moi. Elle était bien plus âgée, pourtant, elle avait au moins quinze ans, un brancardier pousse la chose ensanglantée, casquée encore, je ne sais pas pourquoi j'étais déjà là, je ne sais pas pourquoi j'ai aperçu son visage et son regard à demi conscient quand on a découpé son casque, j'étais là pour autre chose et je courais vers mes instruments, j'ai tout bien observé, et je sais qu'elle m'a vu. Je sais qu'elle m'a vu, sans mon masque, penser à ma fille qui pleurait le soir, parce que c'était l'heure des pleurs, elle m'a vu la regarder dans les yeux, alors en quinze secondes tout était prêt, nous étions tous prêts ; elle s'en tirait bien, elle était étrangement consciente à l'arrivée, pas de fracture du crâne, hémorragies, perforation, tout ça c'est rien, ça se répare ma petite tu vas voir comme ça se répare, le métal a pénétré en plusieurs endroits, le quadriceps droit, rien de bien grave, et multiples blessures abdominales, je ne sais même plus qui était là, un anesthésiste, Nivelle pour la fracture, son tibia sortait de trois centimètres, l'urgence c'était l'hémorragie interne – quelque chose ne tournait pas rond, la tension, le pouls qui partait, moi aussi, le pouls, la tension, j'ai vu l'artère touchée juste avant la loge rénale, et j'ai pensé elle a eu de la chance d'arriver aussi vite, allez, transfusez, côlon perforé, tu vas t'en sortir, le pouls, la tension, du sang tout à coup, compresse, compresse, je ne voyais plus rien, je me débattais, tu vas t'en sortir, j'ai vu le foie exsuder son jus noir sous ma pince, de la sueur dans mes yeux, mais tu vas t'en sortir, le pouls, la tension, les cris stridents du moniteur, le choc a endommagé le lobe postérieur, je n'ai rien vu, comment est-ce possible, c'est l'anesthésiste qui me prend le bras, je m'en souviens parfaitement, c'est l'anesthésiste qui me prend le bras et me dit c'est fini, ça ne sert à rien, c'est fini. Et je ne veux pas comprendre, je crois, je lui dis ranime-la, le clamp à la main et lui, son masque bleu baissé sur le cou, il me montre juste l'abdomen ouvert, je regarde, je vois l'anesthésiste s'en aller, je vois le moniteur éteint, les dégâts énormes, plus vrais maintenant, j'imagine son scooter lui rentrer littéralement dans le ventre, un mur sans doute, ou un obstacle très dur, rien que le choc on était sûr de la perdre, mais c'est l'heure des pleurs de ma petite fille, je viens d'être père, elle a six mois, elle a quinze ans, je garde mon masque.

Je garde mon masque et je m'assois, en faisant bien attention de ne croiser le regard de personne ; je reste étourdi, vidé, comme après une course de vitesse, un morceau de moi-même abandonné dans un corps étranger.

18

Elle aurait bien d'autres corps à évoquer, plus proches, plus intimes, dont elle connaît tous les aspects, mais dans l'ombre déjà brûlante du tissu tendu au-dessus du pont où elle prend son petit-déjeuner, au beau milieu du grand bras de l'Orénoque, c'est le contact furtif de la main d'Elie qui lui occupe l'esprit ; le livre refermé, elle s'en souvient trop bien, trop précisément, elle est sûre qu'il lui a pris la main, puis l'a lâchée ; il changeait de sujet, s'emballait, la contrebande, le trafic, d'esclaves ou autres, racontait-il après s'être resservi une tasse de café (elle regarda un instant sa montre, elle avait encore du temps devant elle), la contrebande, ici, est une tradition, disait-il. Ce port s'est fait grâce à elle, les contrebandiers sont nos maîtres et nos héros. Toutes les familles riches, celles qui possèdent les beaux immeubles du centre, en ont vécu, en vivent encore, et dans les quartiers plus populaires, tous ceux que tu vois toute la journée dans les bouges et les tavernes n'attendent qu'une chose, c'est un chargement suspect, une mission, une commande. Tu vas me dire que la contrebande est liée à la drogue, la marijuana, la coca – pas uniquement. Aujourd'hui, c'est vrai, la plupart des affaires concernent la drogue. Mais la contrebande est avant tout un état d'esprit. Depuis des siècles on trafique, entre ici, les îles, les pays voisins, tout et n'importe quoi, par terre comme par mer : alcool, armes, tabac, café, objets divers, bijoux, or, argent, pierres, jusqu'au bétail en passant par l'essence et le pétrole. C'est un mode de vie. On chante les histoires des contrebandiers, on leur construit des légendes. Enfant, on rêve de poursuites sous les étoiles pour échapper à la douane, de combats pour une cargaison, de codes d'honneur. Ici, trois choses seulement peuvent te rendre riche et célèbre : le sport, les taureaux et la contrebande. Nos héros, disais-je. Le jeu, c'est de tromper l'État, le pouvoir, la loi. Le plaisir de l'obscurité et de la frontière. L'indépendance, l'individu, et une certaine noblesse de légende – en réalité, aujourd'hui, il n'y a rien de bien noble dans la contrebande, si ce n'est la tradition à laquelle elle se rattache ; les petits contrebandiers indépendants ont quasi disparu, il ne reste que des organisations, plus ou moins importantes, c'est devenu un business comme un autre – mais l'esprit reste, pour les gens d'ici. L'imaginaire.

Bien sûr, si tu t'en vas dans les bidonvilles, dans ces quartiers de l'Est qui poussent comme des mouches sur la merde, ils n'ont aucune idée de tout cela. Ils n'ont aucune idée de rien, ils cherchent à survivre, les pieds dans la boue, au milieu des curés et des inondations ; ils viennent de l'intérieur pour la plupart. C'est une autre culture. Ils fabriquent des malfrats du désespoir, de ceux qui sont prêts à tuer pour quatre dollars ou un bracelet qui leur paraît en or. Les temps changent ; le prolétariat du crime aussi. Les hommes de main sont jetables. On est passé à l'ère industrielle, les artisans disparaissent, les profits deviennent gigantesques. Les familles de trafiquants sont plus riches que l'Etat lui-même, elles s'offrent une armée, des avions, des hélicoptères – c'est autre chose. Le progrès, en quelque sorte. L'obscur en pleine lumière, la frontière déplacée.

Pour nous, il ne reste pas grand-chose.

19

Notre hôpital reproduisait, ironie frappante, les mécanismes et les dysfonctionnements des corps soignés, jusqu'à avoir ses propres infections, fabriquer ses propres maladies ; sa gangrène rongeait petit à petit les anciens pavillons où l'on reléguait ses tentacules les moins "technologiques", convalescents, vieux, rééducation – un hôpital est un organisme, il ne se rénove pas, il vieillit, les praticiens, les infirmiers, les aides-soignants vieillissent dans les murs qui vieillissent eux aussi, et l'administration, les directeurs spécialement formés, les comptables, les secrétaires, ce cerveau impuissant à arrêter le vieillissement, la fatigue, gèrent la décadence de l'ensemble du mieux qu'ils peuvent, jusqu'au jour où l'on propose de détruire, de fermer, de reconstruire telle aile, tel morceau obsolète. Notre petit monde était en pleine déliquescence, et M. Benoît, directeur, affectait "le calme et l'enthousiasme de ces grands capitaines dont le vaisseau sombre", disait Youri – M. Benoît appréciait les phrases énergiques et les images fortes, il nous faut retrouver une spécificité, disait-il, il organisait des séminaires sur les infections nosocomiales dont la presse commençait à parler, il inventait des ressources, se débattait entre l'administration, les syndicats, la médecine, les malades, l'université, l'agent comptable, intelligemment, sans repos, c'était son hôpital, il allait jusqu'à lancer réflexions, *task forces*, travaux de groupe, formations, toujours le sourire aux lèvres, l'hospitalisation à domicile, la télémédecine, voilà l'avenir, c'était son slogan – se débarrasser des patients, en quelque sorte, l'idée était bonne, comment la mettre en place, n'était-ce pas aussi saborder le navire ? Je me souviens d'une réunion houleuse (pourquoi m'y trouvais-je ? en qualité de quoi ?) en présence des chefs de service, de toute la direction, M. Benoît déployait des trésors de diplomatie pour que tout le monde soit content, les médecins – moi y compris – ne comprenaient rien, ne voulaient pas voir, assis sur leurs prérogatives, accrochés à leur caducée comme à un radeau, *nos missions sont claires, soigner et former, et nos statuts aussi*, tous sourds comme des pots, tous sans exception. Les grands mots, les uns après les autres, des noms de divinités antiques, *Faculté, Assistance publique, indépendance*, notre monde s'en va, pensais-je, nous sommes comme ces derniers païens d'Alexandrie, agrippés à Hermès trois fois grand, qui ne voient pas que leur univers s'enfuit, disparaît pour toujours ; élevés à l'école du prestige, de l'impeccabilité du médecin et des antibiotiques, nous voilà incapables d'entendre l'univers, enfermés dans un système de pensée qui n'a plus de prise sur le réel. Nos dieux n'écoutent plus, comme les derniers prêtres d'Isis à Philae, sans foi, sans fidèles.

La sensation de l'effondrement, sourde, inconsciente, elle affleurait dans nos gestes, dans la peur, diffuse, des complications postopératoires, dans l'angoisse secrète de résultats d'antibiogrammes, dans l'annonce des plannings, des permanences, dans le désarroi d'internes épuisés,

dont le désir d'apprendre, l'enthousiasme s'émous-
saient jour après jour et les faisaient rêver d'une
pratique urbaine dans une ville moyenne de province, dans le Sud, où ils mourraient peut-être de
faim au début, soit, mais pas longtemps tout de
même, et au soleil qui plus est. Ils attendent que
ça passe, disait Youri, encore un qui attend que ça
passe, il est ici comme au service militaire. Qui
aurait pu leur reprocher quoi que ce soit, édu-
qués depuis des années à suivre un professeur
de chambre en chambre par vagues, par paquets,
massés en salle d'opération derrière lui, ou devant
un écran de télévision lorsqu'ils étaient trop
nombreux, dans cette pédagogie de l'imitation et
de la mémoire venue tout droit du XIXe siècle ;
l'armoire bien gardée de la Faculté – que dire de
plus ?

Youri en souffrait, c'était un chevalier écorché,
un croisé, sa Jérusalem en ruine, aux mains des
infidèles. Il était étranger à toute revendication,
qu'elle fût salariale, d'horaires ou de quoi que ce
soit ; pour lui, l'administration devait régler les
problèmes, lui, il était là pour opérer, soigner, un
point c'est tout, et peu (ou presque) lui importait
le salaire, ce même salaire qu'un tel, par exemple,
pensait ridicule : j'envisage de laisser l'hôpital,
vraiment, c'est de l'exploitation, disait-il, on ne
compte plus nos heures, mais on est payé de la
même façon, je t'assure que si je me trouve une
bonne clinique de jour je retourne aux hono-
raires, si ça continue comme ça on n'arrivera
même plus à rembourser l'emprunt de la maison
de Normandie, franchement je ne sais pas comment vous faites, Aude et toi. Pour lui Youri était
un jeune, il avait encore "le feu sacré", c'était un
idéologue, un gauchiste, mais chacun voit midi à
sa porte, comme il disait, on verra quand tu auras

notre âge, ce que tu en penseras. Youri n'en pensait rien. De l'argent et des résidences secondaires, sa famille en avait ; justement pour lui la médecine était à l'opposé de l'argent et du gain, c'était la philanthropie, la bohème, si l'on veut, par rapport à ses frères et ses cousins, tous ingénieurs, banquiers, voire chevaliers d'industrie douteux, occupés à utiliser leur nom et leurs origines pour reconquérir la Russie perdue, sous forme de participations dans des consortiums pétroliers gérés par des oligarques vulgaires sentant l'ail et la vodka.

Le sentiment de déliquescence, d'abandon s'affichait jusque sur son corps ; il maigrissait ; ses yeux se cernaient petit à petit ; il méprisait de plus en plus les confrères, les infirmiers, les aides-soignants, il ne les comprenait pas. Même Joana avait renoncé à lui expliquer les revendications, le mal-être qui s'étendait comme une maladie de peau à toute notre institution : l'hôpital ne demandait qu'à craquer, qu'à cloquer, ulcérer et s'ouvrir de toute part, il pourrissait avec Youri en harmonie ; on se demandait juste quand un événement un peu plus grave, une chiquenaude du destin les pousserait, l'un et l'autre, dans la chute.

Pour Youri, il n'y avait que trois solutions : soit vous n'aviez pas lu, pas compris, et alors vous restiez dans le noir, comme un aveugle parcourt uniquement le chemin qu'on lui a enseigné, sans le comprendre, sans pouvoir en sortir jamais ; soit vous aviez lu, vous saviez, vous aviez une conscience, et dans ce cas l'illusion, l'absence de sens que vous observiez chaque jour autour de vous vous tuait, vous rongeait à petit feu comme lui. Ou alors vous compreniez que les faux-semblants et les conventions bourgeoises derrière lesquels vous vous abritiez ne sont qu'une douce protection, illusoire mais nécessaire, contre la désespérance et la folie du monde des aveugles, et vous sacrifiiez au bien commun, au triste équilibre que votre âge vous réclamait, comme moi. Youri pensait savoir ; il avait vu, dans les malades aux corps grands ouverts, dans les ventricules, les valves réparées, les artères ; il avait entendu, dans les plaintes des cancéreux, dans les enfants dolents que rien ne consolait de l'abandon et de la solitude, dans les yeux terrifiés, écarquillés vers une fin à laquelle rien ne les avait préparés, perdus dans les limbes, pleurant, et il ne pouvait écouter les corps geindre et les âmes se douloir sans penser, sans retourner à cette vérité, à l'absurde roue de la nature à laquelle le hamster s'abandonne sans comprendre, jusqu'à l'épuisement, et c'étaient les grincements de cette roue dans la cage qui l'empêchaient de dormir, la nuit ; ces animaux courant sans but, il les soignait le jour, les renvoyait sagement à leurs vices, à leur bêtise, à leur pauvreté d'esprit, à leur monde atrophié, la tête toujours baissée dans l'obscurité, et ils revenaient, ils revenaient pour Youri puisqu'ils étaient tous semblables, des ombres, l'une après l'autre, absurdes et identiques.

Pour lui, la seule solution, c'était séparer le corps de l'âme des patients, les oublier, leur parler comme s'ils étaient absents : alors, il va comment le monsieur ce matin ? Il va mieux ? Il bredouillait des questions dont il n'écoutait pas les réponses ; il n'avait que mépris pour l'intelligence des êtres qu'il ouvrait, uniquement intéressé par leur silence sous anesthésie, quand il se retrouvait seul, dans son ballet minutieux avec leur cœur, et il avait donc le plus grand mal à leur expliquer ce qu'il leur avait fait, ce qu'il allait leur faire, à ces gens qui le voyaient comme un dieu cruel et mystérieux, muni du sceptre branlant du stéthoscope. Beaucoup se plaignaient pas commode, le docteur, dites donc ; pas bavard. Pour lui, le contact, la parole était du domaine des infirmières, des inférieurs, c'était s'abaisser, humilier presque sa science si parfaite, sa technique et son savoir-faire que de s'intéresser aux aspects humains, psychologiques, contingents, des malades.

Cette tendance que nous avions tous, cette affection typique de l'hôpital, il la portait à son point culminant, jusqu'au bout ; sans s'en rendre compte il cherchait à aller toujours plus loin dans la superbe, le mépris des hommes qu'il soignait, à s'enfoncer dans le savoir et l'abstraction de la chair, et cette tension impossible entre le chœur et la coupole de l'âme, cet irréalisable oubli de l'humain le poussait dans une besogneuse désespérance, une terrible frustration de chaque instant. Cette question du corps que tout médecin (surtout s'il est chirurgien) se pose à un moment ou un autre, il n'y répondait pas, il évacuait le problème en oubliant une des prémisses ; au fond il reflétait jusqu'à l'absolu les difficultés de l'hôpital, poussait jusqu'à l'absurde la logique de l'institution, et, tout comme elle, s'en allait doucement vers la fin, avec une ténacité et une amertume rares. Tout du long, Joana l'accompagna, et il était étrange de voir comment le comble de l'humanité, de l'attention, de l'empathie qu'elle représentait était fasciné par son contraire, par son double inversé, cet homme torturé par la volonté du rejet de l'humain, non seulement en lui, mais aussi chez les autres. Tout dans ce monde n'est que mensonge et lâcheté, ironie, bêtise, disait-il. La contradiction de la médecine, c'est d'être à la fois au plus réel et au plus ironique, c'est pour cela qu'elle me passionne. Il voulait aller jusqu'au fond des corps, s'abîmer dans le savoir, dans tous les savoirs, c'était une contradiction morbide et de plus en plus flagrante : plus il travaillait, plus il était malheureux ; et plus il était malheureux, plus il souhaitait travailler.

Il désirait partir dans l'humanitaire, non pas pour l'humanité, mais pour l'anonymat ; projeté dans l'urgence, il s'imaginait comme Larrey, chirurgien de l'Empereur, dans une tente, un hôpital de campagne, amputer un bras en douze secondes et une jambe en trois minutes, s'oublier totalement, absolument, dans le travail avec des patients qui n'en sont pas, étrangers, victimes plus ou moins lointaines et dégagées, dans l'exotisme et la tragédie, de toute réalité, pour laisser apparaître enfin la pure chirurgie, le geste absolu. Il imaginait de trouver dans l'intervention humanitaire (guerres, tremblements de terre, cataclysmes divers) une libération totale des contingences, non seulement de l'administration, des collègues, mais aussi des malades : la distance de la langue, de la culture le débarrasserait enfin de toute possibilité de communication avec ces corps qui deviendraient de purs objets, opérés à la chaîne comme dans la *Relation historique et chirurgicale de l'expédition de l'armée d'Orient*, un de ses livres de chevet. Loin du confort et de la technologie de l'hôpital, perdu dans un désert ou dans une ville en ruine, dans une sorte de monastère chirurgical, il pensait atteindre le bonheur, se guérir enfin de la frustration continuelle que supposait pour lui notre pratique urbaine. Il croyait se guérir en fuyant, s'enfoncer dans les plaies, y disparaître, percer les mystères, toucher la vérité.

Aude était persuadée que la conduite de Youri cachait une blessure plus profonde, un trouble sérieux lié à sa mère, dans cette prétention qu'ont les psychanalystes que rien ne puisse aller au-delà de leurs théories : la maladie de Youri ne pouvait pas être métaphysique, elle devait, dogmatiquement, être liée à ses parents, à sa famille, à son histoire, par un psychologisme qui l'aurait fait rire, lui, pour sa naïveté.

Aude était pourtant en partie dans le vrai pour ce qui était de ses rapports avec les siens, il n'avait pas la famille facile, c'est le moins qu'on puisse dire. Sa mère était une fausse princesse véritable alcoolique, son père un grand homme d'affaires, avocat amoureux sur le tard d'une danseuse névrosée, disait Youri, déjà deux fois père d'un premier mariage, et vivant, comme il se doit, à Biarritz dans une magnifique villa au milieu des hortensias et des tamarins, lieu abhorré de son enfance que Youri s'empresserait de confier, s'il en héritait, à des promoteurs afin qu'ils le transforment en immeuble de vacances pour prolétaires abrutis – sa revanche. Malgré tout le prestige de sa profession, dans sa famille Youri était un genre de raté un peu inquiétant, un pauvre, un "poète". Et s'il se confiait peu, il m'avait cependant décrit longuement, avec cet humour acide qui le caractérise, les repas de famille, les cousins, la bêtise des conversations – si la richesse peut acheter l'intelligence, disait-il, alors ma famille en avait un tel déficit que toute sa fortune n'a pas réussi à le combler.

Je ne pouvais m'empêcher de comparer (peut-être fut-ce une des raisons de notre amitié immédiate) et de trouver des affinités avec mes propres parents, mon père surtout, ce bon docteur d'une grande famille de propriétaires terriens des llanos, lui que les pauvres ont fini par tuer d'un infarctus, lors du Caracazo, des émeutes et du pillage de la capitale : ce jour de février, à quatre-vingts ans passés, il ne supporta pas de voir sa ville aux mains des hordes barbares, ces nécessiteux, ces indigents auxquels il avait toute sa vie fait l'aumône, ces communistes, cette engeance descendue des *cerros* saccageait les magasins de luxe, les supermarchés, dans les cris et les hourras, et il en est mort, quelques jours plus tard, incapable de s'en remettre, son monde de prospérité bourgeoise, où les misérables étaient bien dressés, définitivement éteint ; voir en ruine son pays patricien, provincial et illusoire l'avait achevé, lui qui avait survécu à la longue mort de ma mère et à mon départ, qui fut, me dit-il, un des coups les plus durs de sa vie, non que son amour pour moi fût des plus tendres, mais mon exil le privait de la présence de cet héritier de ses fonctions de maître, de propriétaire, de médecin et de politicien : je partis, je quittai l'Amérique entre autres pour échapper à la rigidité du destin qu'on m'y proposait, la notabilité, les terres et la politique dans l'assemblée d'oligarques qui jouait tous les vingt ans à se faire peur, à se laisser dominer par un dictateur plus ou moins extérieur au sérail, en poussant de hauts cris, un parvenu, un parvenu, un populiste, un militaire, un rouge – mais revenait toujours au pouvoir, plus ou moins, par un biais ou un autre, et accélérait la décadence du pays avec des politiques économiques absurdes qui satisfaisaient uniquement leurs intérêts, et encore, à court terme, provoquant l'arrivée d'un autre autocrate, et ainsi de suite, dans un triste mouvement circulaire qui semblait infini et me poussait, depuis l'adolescence, vers le dégoût et la fuite. Ma rencontre avec Aude n'avait que précipité un départ sans doute inévitable. Mais Youri, lui, n'en finissait pas de partir ; il était encore persuadé qu'un jour quelque chose changerait ; il conservait un attachement enfantin à ses parents que son intelligence d'adulte ne réussissait pas à trancher ; il revenait vers eux, périodiquement, pour rentrer ensuite à Paris chargé d'une haine qui ne le maintenait éloigné des siens que jusqu'à ce qu'elle s'émousse, esclave de cette illusion du devoir filial, si savamment inculquée, qui n'est en réalité qu'une prison affective.

Les dernières semaines, perdu au fond de ses contradictions, il poussa Joana dans mes bras.

Je mis du temps à le comprendre ; il jouait ce jeu facilement, avec intelligence et perversité. C'était une façon de l'humilier à son insu, de me montrer, à moi qui savais, qui avais une conscience, comme il disait, que les gens (et tout spécialement elle) sont aveugles ; il était déjà ailleurs. Il voulait me faire la preuve cruelle de ses théories, en se défaisant du dernier lien qu'il avait avec le monde et, par la même occasion, en m'aidant à me perdre, à détruire ces conventions bourgeoises – le mariage, la fidélité – qu'il haïssait. Il voulait que j'admette, en m'offrant ce que je désirais le plus, que tout cela n'est qu'une absurdité diabolique, vide de sens ; que mon désir, comme toute chose humaine, ne pousse que vers la perte. Peut-être y avait-il aussi, inconsciemment, une volonté de se faire du mal, de se faire souffrir, de jouer avec le feu en espérant secrètement se brûler. Il manipulait Joana pour qu'elle le torture et pouvoir le lui reprocher ensuite, il nous manipulait tous deux pour pouvoir – à juste titre – nous haïr. Chez tout autre que lui, cette attitude enfantine n'aurait donné que des manœuvres pathétiques ; chez Youri, intelligent et subtil, elle devenait un piège complexe où ses propres difficultés psychologiques, ses propres angoisses métaphysiques se transformaient en armes redoutables. Tous les moments que je passais avec Joana, dans ma voiture, au café, à l'hôpital, à parler de lui en pensant à elle, tous ces instants où nous nous rapprochions l'un de l'autre, où nous construisions dans son dos une complicité, il les avait provoqués, souhaités et déclenchés par une crise, une altercation. Il lui suggérait de m'appeler lorsqu'elle se mettait à pleurer tant il devenait odieux et, sur la fin, quand il était trop ivre pour se lever de sa chaise, elle prenait d'elle-même le téléphone pour me prévenir, viens, disait-elle, il faut que tu m'aides, ce que je faisais, toujours, à n'importe quelle heure. Aude multipliait les mises en garde, bien sûr, elle avait l'intuition que tout cela finirait mal ; elle craignait surtout pour ses patients : il continue à opérer, dans cet état ? Personne ne lui dit rien ? Je répondais patiemment que c'était encore un brillant chirurgien, que le bloc le métamorphosait, tout le monde était d'accord, c'était un artiste, il aurait pu opérer des heures et des heures de rang, au contraire il était plus efficace que jamais en salle d'opération, et les seules erreurs, les seules négligences qu'il commettait, c'était avec les patients, les feuilles, les dossiers, les ordonnances, mais un instrument à la main (et Joana ne le lâchait plus d'une semelle), jamais. Il avait cette capacité (ou cette folie) de s'oublier totalement dans son tête-à-tête avec les corps, et lorsque nous opérions à plusieurs, il était absolument charmant, drôle, précis, heureux, je crois, et ne redevenait morose ou agressif que lorsque nous quittions le bloc.

Joana souffrait tout autant que lui ; elle me poussait à avoir une longue conversation avec

Youri pour le convaincre de prendre du repos, de se soigner, mais Aude, qui l'avait discrètement sondé lors d'un dîner à la maison, me disait que c'était peine perdue, qu'à moins d'un incident majeur il ne ferait rien pour s'en sortir, qu'il irait (il était suffisamment fort pour cela) jusqu'au fond. De toute façon, Youri m'évitait ; nos rapports étaient de plus en plus limités ; je ne le voyais qu'en cas d'urgence, lorsqu'il était tellement soûl qu'il devenait violent, qu'il commençait à jeter des disques ou des livres par la fenêtre et que Joana m'appelait, en pleurs ; j'arrivais alors en trombe, à deux, trois heures du matin, Youri m'insultait, me traitait, entre autres, d'intellectuel bourgeois ; il tenait des discours sans queue ni tête sur le sens de la vie, mensonges, mensonges, criait-il, regarde ce que je fais de ces merdes, regarde Ignacio, tous ces mensonges, je les prends et je les déchire, je les balance, ces raclures de chiotte, je n'en ai rien à foutre, et à le voir ainsi les yeux rouges, tremblant, baveux, et Joana tremblante elle aussi, les yeux pleins de larmes, je tremblais à mon tour, j'essayais de le calmer, je ne pouvais pas faire grand-chose, mais il finissait par tomber d'épuisement, par s'effondrer de lui-même dans son canapé et s'endormir. Je prenais alors Joana par la main ou par l'épaule, et c'était ma récompense, ce pour quoi j'avais fait tout ce trajet en pleine nuit, être près d'elle, et dans l'intimité de ma voiture, j'essayais de la persuader de le quitter, de ne plus retourner chez lui, de mettre un terme à cette histoire. J'ai peur qu'il se blesse, répondait-elle, il faut que je sois là, on ne sait jamais, il a besoin de moi, mais plus les jours passaient et plus je sentais qu'elle se lassait, qu'elle me téléphonait souvent pour parler d'autre chose, pour bavarder, me proposer de déjeuner,

et si Youri était toujours là, entre nous, sa présence devenait chaque fois plus lointaine. Par
moments, il semblait avoir des instants de lucidité ; il disait à Joana écoute, je regrette, je sais
que je suis épuisant, pourquoi tu ne vas pas avec
Ignacio et Ilona au cinéma, ça te ferait du bien
de sortir, moi je vais rester à lire, allez voir un
dessin animé, une belle niaiserie pour enfants. Il
savait que Joana aimait beaucoup Ilona, qu'elles
s'entendaient bien, toutes les deux, et que sa
mère, débordée, n'avait que peu de temps à lui
consacrer ; elle tombait dans le piège, je me
retrouvai, une fois, deux fois, assis à côté de
Joana en train de regarder un Walt Disney que je
connaissais déjà, le cœur battant, en priant pour
que la machination de Youri finisse par fonction-
ner : mais il avait raison, l'homme est lâche, aussi
ne faisais-je absolument rien, pas un geste, paralysé, tout contre elle, de peur dans le noir.

20

Ici, poursuivait Elie, ici, dit-il, au fond de cette baie bien gardée, si l'on oublie un moment la misère des hommes dans la feuille d'or des églises, on peut penser au paradis. Ne ris pas, toi-même tu n'es pas venue ici pour rien, tu imaginais les plages, les cocotiers, le climat, la vieille ville, les îles toutes proches, le souvenir des pirates et des aventuriers, autant de clichés qui t'ont sans doute décidée à venir. Eh bien, pour moi, c'est l'inverse. Tous ces paysages de l'enfance, toutes ces images de femmes à la peau d'ambre allongées sur des transats, jusqu'aux parfums des bananes frites et du maïs, tout cela, ce grand mensonge quotidien, m'est devenu insupportable. L'insouciance de la musique, de la danse, du rhum et de la pauvreté m'exaspère ; la blancheur des bateaux de plaisance m'épuise. Je pardonne instantanément à ceux qui détroussent les touristes, je suis indifférent aux coups de couteau, aux fusils, aux assassinats. Je me désintéresse de la révolution, je méprise les pauvres et envie les riches. Je suis fatigué de tous ces espoirs gaspillés, versés tour à tour dans la contrebande, dans la politique, dans la petite entreprise ou même la littérature, autant de graines qui ne prennent pas. La seule chose que nous fabriquons, ici, c'est de la haine ; la haine des bourgeois pour les pauvres, la haine des pauvres pour les bourgeois, la haine des dirigeants pour le peuple – la paix, vois-tu, n'est pas concevable, c'est un problème économique, la machine à misère se nourrit de haine et d'argent, elle est bien faite ; personne n'a plus envie de la transformer réellement, et la seule solution, le paradis que nous voyons tous, c'est le Nord, là où les trafiquants rêvent d'aller trafiquer, les voleurs d'aller voler, les riches d'aller s'établir, les pauvres de s'enrichir, un peu, en suant autant qu'ici, plus peut-être, toujours avec leur pauvre esprit qu'une voiture et un carré de gazon frais coupé suffiront à combler. Tu t'en rends bien compte, je pense – je ne sais pas pourquoi je m'énerve autant, tu n'as rien à voir dans tout cela, je suppose que tu as tes raisons, ce pays est aimable et j'ai pour lui une grande tendresse, oui, j'aime ces gens et ces paysages, la malice, l'imagination de ces gens et de ces paysages.

Elle l'observe s'emporter. Pour quelle raison ? Elle sent flotter dans l'air, comme un insecte, un désir étrange ; elle ne sait pas ce qu'elle fera s'il lui prend la main encore une fois, ou même s'il se penche vers elle pour l'embrasser ; après tout, elle s'en va, elle s'embarque dans l'après-midi et cette entrevue bizarre, décousue, emplie de fantômes d'esclaves et de contrebandiers, elle ne voit pas où il veut en venir, ou plutôt si, elle sait confusément où il veut arriver, à sa bouche, à ses mains, mais elle ne comprend ni les chemins qu'il suit pour y parvenir, ni pourquoi elle n'est pas déjà partie, peut-être par curiosité, peut-être par politesse, peut-être pour une tendresse qui naît au moment même où elle s'achève.

Je vais te raconter une histoire, dit-il. Il a l'air triste, d'une tristesse douloureuse. Ici, dans ce purgatoire, chacun suit sa route. Toi qui es infirmière, qui as ses serpents pour attributs, ceux qu'Asclépios le guérisseur lui a volés, pense qu'Hermès est non seulement le messager, mais aussi le dieu des bandits de grand chemin, de ces travailleurs de la nuit que sont les écrivains et les contrebandiers. C'est notre tutelle à tous, ici, nous le fréquentons chaque jour : le malfrat qui envoie, d'une balle dans la tête, un automobiliste chez les ombres pour son portefeuille ; le trafiquant des détroits obscurs ; l'homosexuel qui voit de la pureté dans l'accouplement des semblables, enroulés comme des serpents lisses vers l'unité originelle ; l'écrivain, le poète passant de l'hôpital à la prison, le saint, du monastère à la folie, nous sommes tous les enfants d'Hermès dans l'éternité, condamnés à prendre le sentier sur lequel il nous guide. Tu me vois ici enfermé dans cette librairie, au milieu de mes poètes préférés, Barba Jacob, Gómez Jattín, eux aussi enfermés dans la drogue et l'amour qui ne sont que des clés pour ouvrir l'âme, et toi qui planes sur le monde sans y rien toucher, tu vois, tu écoutes sans entendre, sans participer, que soignes-tu, au fond, que fais-tu ici, dans ta jeunesse idiote, à part nous regarder agoniser dans le feu d'artifice du soleil sur la mer des Caraïbes ? Excuse-moi, je dis n'importe quoi, je ne voulais pas être agressif. Parfois, surtout après avoir parlé du saint, je m'emballe. J'aspire à la vérité. Il y a dans ta jeune présence quelque chose de troublant, quelque chose de fort, pour moi tu es passagère, tu passes, mais te rencontrer, partager quelques jours avec toi, construire un rêve sur ta présence sans chair, je dis n'importe quoi mais j'aurais aimé – tout en sachant dès le premier jour que c'était impossible – que tu restes plus longtemps, pour essayer que tu comprennes le vide que tu combles, je te vois te troubler, j'essaye de deviner les raisons de ton voyage, les causes de ta fragilité, j'aimerais me guérir de mon âge, te connaître mieux, et contre cette voix qui ne cesse pas, contre cette voix qui semble murmurer, elle ne sait que faire, elle doit lutter longtemps pour ne pas la faire taire d'un baiser, la sceller de ses lèvres ou partir presque en courant, la fuir, une fois de plus, fuir son indécision, jusqu'au bateau qui l'attend, alors qu'elle est assise tout contre lui, la tasse à la main pour se donner une contenance, les yeux dans la tasse pour ne pas voir, ne pas affronter le désir, la tendresse, l'empathie de cet inconnu à ses côtés, ce serait si simple de s'en aller, et le silence, gêné à présent, épaissi de ce demi-aveu, elle ne sait comment le rompre : dans la demi-seconde où il est apparu clairement, où il s'est révélé, le trouble s'est enfui. Elle va s'éclipser, comme on dit, prendre congé en prétextant le départ de son bateau ; elle va acheter un ou deux livres, pour solde de tout compte, avant que la gêne ne devienne un poids, avant que son silence ne se fasse encore plus éloquent.

21

Et puis, un jour, alors que Youri allait tranquillement vers le fond, sans mollir, sans faiblir, qu'il
était tout juste revenu de vacances (de la résidence familiale à Biarritz, ville de bourgeois et
de Russes blancs), que nous étions plus exactement revenus de vacances tous les trois, chacun
de beaux jours ensoleillés en famille, Youri à
tourner en rond entre la Grande Plage et la Côte
des Basques, sans rien faire, moi dans les Alpes,
dans le beau chalet isolé des parents d'Aude, à
regarder ma fille courir dans l'herbe et jouer
à effrayer les vaches derrière leur clôture, Joana
quelque part en province avec deux amies, ran-
donnée féminine et tranquille, avait-elle dit, alors
que nous avions retrouvé l'hôpital et Paris abandonnés, laissés seuls en août comme de vieux
chiens, nous juillettistes par passion de Paris abandonnée au mois d'août, un jour, mais progressi-
vement, alors qu'il avait déjà fait relativement
chaud en juillet, la véritable chaleur est arrivée.
Elle s'est installée, disaient les commentateurs ;
c'est normal, disait un des concierges de l'hôpital,
notre *vox populi* en matière de dictons météoro-
logiques, l'été dernier a été trop pourri pour être
honnête. Cette chaleur-là, c'est un air de soixante-
seize, un air sans un souffle, un air de quatorze, de
quarante, de ces étés d'avant, de ces canicules : j'ai

entendu à la radio que canicule veut dire là quand les chiens décèdent, une hécatombe de chiens, c'est pour ça qu'un temps de chien, c'est l'hiver, ajoutait-il, quand on dit "il fait un temps de chien", eh bien c'est qu'ils s'y plaisent, mais maintenant c'est la canicule, sale temps pour les chiens. Il avait toujours un mot pour l'un ou pour l'autre, l'aide-soignant, l'infirmier, le directeur, qui que ce soit, avec un plaisir sincère de partager des opinions sur le temps. La vérité, cet homme courtaud, suant, drôle, affable et toujours plein d'un respect émerveillé pour cette médecine qu'il voyait passer, en route pour le parking ou pour le vestiaire, l'avait entrevue avant nous ; il avait, en bon météorologue de comptoir, prévu la catastrophe : les chiens allaient crever, en nombre, dans Paris abandonnée.

Doucement, la nonchalance habituelle du travail estival céda la place à une légère angoisse, tout d'abord une pression, des signes, des présages à lire dans le ciel désespérément bleu, des incidents qui ne nous touchèrent pas : les urgences soudainement encombrées, les pompiers énervés qui arrivaient en disant "encore un déshydraté, il paraît que ça va continuer, demain il devrait faire encore plus chaud", mais nous, au frais dans nos blocs climatisés, nous les entendions, ces oracles, comme une rumeur, un murmure qui venait du rez-de-chaussée, sans nous rendre compte que la température montait aussi dans les chambres de nos patients, inexorablement, que l'infirmière-chef disait "comment on va faire, comment on va faire, on n'a pas de ventilateurs, chaque nuit on en perd deux ou trois, ils respirent très mal, les asthmatiques et les bronchitiques, j'ai même eu un arrêt cardiaque d'une prothèse de hanche, qu'est-ce qu'on va faire ?"

Youri décida de laisser ses patients le plus longtemps possible en salle de réveil, climatisée, et
même d'y rajouter des lits, elle ressemblait à présent à un hôpital de campagne. Toute la journée
nous tournions en rond, l'œil sur le thermo-
mètre, jusqu'à ce qu'un après-midi les urgences
nous appellent, descendez, descendez tous, on
n'y arrive plus, l'apocalypse a commencé. Des
brancards partout, dans les couloirs, dans les con-
sultations, dans la salle d'attente, des personnes
âgées pour la plupart, mais aussi des touristes
tombés d'épuisement place du Tertre, des enfants
fiévreux dont les parents affolés ne savaient que
faire et couraient à l'hôpital le plus proche, des
malades fragiles que la chaleur paraissait sur le
point d'achever, bien plus, bien plus de patients
que de personnel, et pourtant tous ceux qui pouvaient s'absenter étaient en bas, Joana, Youri et
moi, entre autres, et chacun repartait, qui pour
une occlusion intestinale, qui pour une embolie,
nous avions mis quelqu'un à la porte pour trier les
arrivées, choisir entre l'urgent, le très urgent, l'ex-
trêmement urgent, les pompiers étaient de plus en
plus énervés, ils essayaient de refroidir les gens
dans la rue, à la lance à incendie, avec les glaçons
du bar du coin, tout le monde courait après des
fantômes – il paraît qu'on va nous apporter des
ventilateurs, il paraît qu'on va nous apporter de la
glace, il paraît qu'on va déclencher un plan
d'urgence pour rappeler tous ceux qui sont en
vacances, il paraît que cette nuit il va y avoir un
orage. La rumeur accompagne toujours les catas-
trophes, rumeur de désastre, affolante : on parle
de dix, de vingt, de trente mille morts, la chaleur
va durer jusqu'en septembre.

Le seul qui est rentré de vacances, immédiatement ou presque, c'est le directeur ; prévenu par

téléphone, il est venu organiser la défaite, gérer la déroute, se mettre aux commandes du navire brisé en deux qui perdait sa cargaison de cadavres par les entrailles, les soutes pleines, les coursives nauséabondes – les urgences surpeuplées, insuffisamment aérées sentaient la sueur et la mort, et la morgue, la morgue même s'étendait en dehors de ses frigos comme une marée noire. On ne sait plus où mettre les corps, entendait-on, descends voir, tu n'en croiras pas tes yeux, les pompes funèbres ne viennent chercher personne parce qu'elles n'ont plus de place non plus, on ne peut pas enterrer assez vite ; Youri proposait de faire des bûchers, comme dans les épidémies médiévales, et d'utiliser la morgue pour les patients, après tout c'était le seul endroit réfrigéré. Quelle ironie, les seuls à être confortablement au frais étaient les chirurgiens et les morts – parfois, quand la fatigue devenait insoutenable, nous disions presque aux malades plus vite vous mourrez, plus vite vous serez au frais en bas : nous aussi nous avions chaud, nous aussi nous étions épuisés de chaleur, de peine et d'impuissance.

Une semaine, une semaine presque sans dormir, voilà ce qui nous attendait. Youri, dans sa boulimie féroce d'activité, relisait *La Peste* pendant ses pauses ; il paraissait presque heureux tout à coup, parlait de Rieux et d'Oran, il "s'emballait", littéralement, était partout, restait des heures aux urgences avec les internes, auscultait, diagnostiquait, ventilait, soignait sans trêve, des heures et des heures, puis il remontait opérer, visitait, redescendait ensuite ; il bavardait avec les pompiers et les ambulanciers, fumait deux ou trois cigarettes à la chaîne sur le parvis, puis retournait travailler, encore et encore. Joana semblait craindre quelque chose, il n'avait pas l'air très normal, c'est le moins qu'on puisse dire, mais au moins il n'avait pas le temps de boire. Un soir, alors que nous dînions d'un sandwich dans l'illusion de fraîcheur d'une terrasse de la rue des Abbesses où Youri avait refusé de nous accompagner, préférant rester travailler, elle me confia son inquiétude. On sent trop que son comportement n'est pas naturel, disait-elle, ce n'est pas une réelle volonté d'aider, une réelle passion pour son métier, on sent qu'il cherche à s'épuiser, à s'abrutir de travail pour cacher son angoisse ou son mal-être, pour les recouvrir, les transformer en quelque chose de productif ou les oublier, tout simplement. J'ai beau avoir des sentiments pour lui (cette phrase me fit détourner les yeux de malaise, une brève seconde), je sens de plus en plus ce décalage, c'est impossible d'être avec lui, disait-elle, et j'entendais la peine dans sa voix, elle avait besoin qu'on l'écoute. Il a refusé de partir en vacances avec moi, avec un mépris terrible, "aller marcher dans la campagne, quel ennui, avec tes amies, en plus", pourtant Dieu sait qu'il a horreur (du moins c'est ce qu'il dit) de Biarritz et de sa famille.

Je connaissais trop bien ces grandes familles bourgeoises, lui expliquai-je, pour ne pas comprendre ce mélange de fascination et de répulsion, d'impossibilité d'échapper à ce qui vous détruit ; j'ai mis l'Atlantique entre ma famille et moi, pour cette raison, sans être vraiment conscient qu'il s'agissait d'une fuite, et Youri devra faire de même, d'une façon ou d'une autre. J'avais envie que la conversation revienne vers moi, s'éloigne un peu de lui ; je la dévorais des yeux, elle portait une robe à bretelles toute simple, de couleur vive ; ses bras nus étaient mats, fins, fragiles, ses longs cheveux bruns soulignaient, comme le font les cadres pour les images, le carmin, l'amarante de sa bouche.

La chaleur, obsédante, me faisait penser à certaines nuits lointaines et me renvoyait à mes amours de jeunesse ; la table de ce café montmartrois et la présence de Joana effaçaient les agonisants de la journée, comme si leur unique fonction avait été de créer cet instant de fatigue extrême où tout se mêle, le désir, le souvenir, et l'air du soir. L'alcool commençait à nous délasser à la limite de l'endormissement. Joana était malgré tout de plus en plus bavarde, allègre, souriante ; la nuit avait éloigné l'hôpital, enfin, et Youri, aussi, petit à petit elle l'oubliait, ou du moins c'est ce que j'imagine, elle souriait, me parlait d'elle-même, de ses vacances à elle, du grand plaisir de la marche, loin de tout, au milieu des collines vertes et de la toundra de l'Aubrac, des vaches et des taureaux en liberté dont les cornes aiguës forçaient les marcheurs à se détourner, et des burons de montagne où, malgré la température étouffante, elles s'étaient, racontait-elle, goinfrées d'aligot.

L'hôpital nous laissait un moment tranquille ; je voulais oublier, alors qu'on nous apportait deux bières de plus, tout ce qui n'était pas cette main et ce poignet à côté duquel je posais mes doigts, sur le faux marbre tiède de la table, cette main pourtant laide, aux ongles rongés, aux dernières phalanges boudinées, la peau attaquée jusqu'au derme. Elle semblait plus vieille, cette main, pour ces extrémités meurtries qui contrastaient avec la finesse, la jeunesse du carpe dont saillaient les veines bleutées avant de se perdre dans la naissance du bras. Je devais me contrôler pour ne pas poser mon index sur un de ces vaisseaux et le suivre légèrement jusqu'au creux du coude, puis le long du biceps jusqu'à l'épaule, ou bien, en remontant le cours du sang veineux, parvenir jusqu'à son cœur, tout près de ses seins minuscules.

Je crois que je la regardais tellement que je ne l'écoutais plus ; les étoiles étouffantes montaient à l'assaut du ciel devenu noir.

22

Le bateau se rapproche imperceptiblement de la rive, ligne verte sous les nuages maintenant sombres. Elle se surprend à repenser au libraire, sans doute ce besoin de contact, ce laisser-aller est-il le propre du voyage, du déplacement de l'âme vers un autre état, la libération, le renoncement à certains souvenirs, certaines proximités, on se cherche d'autres attaches, bien vite. Le corps est la chose la plus infidèle qui soit, il essaye de combler, de remplir ses vides – défaut d'origine, de matrice – par d'autres liens, d'autres plénitudes dans une volonté aveugle, toujours, d'infini recommencement, de retrouvailles pour retenir, un temps, l'anéantissement et la décadence dans le don de soi et l'oubli, et sur ce navire balançant doucement dans les remous, les courants, j'imagine les esclaves dans les cales, malades, précipités les uns contre les autres dans leurs cages sombres, tremblant et vomissant dans l'obscurité, avant de renaître à la douleur dans la lumière double du Nouveau Monde, celle du soleil et du baptême. Et moi à quoi renaîtrai-je, au bout du fleuve, à un nouvel emploi, une nouvelle vie à São Paulo, à Rio ou à Lima, à un enfant que je chargerai de continuer l'illusion, le cours des choses, auquel je me consacrerai, qu'il poursuive – à ma place, en mon lieu et place –

l'aventure désordonnée que je tiens de ma mère, m'effaçant à mon tour, poussée hors du monde petit à petit dans l'exil, lentement, comme on voit, dans les sables, des ossements transformés doucement en opales, les corps abandonnés dans la terre deviennent des richesses, après un temps incalculable de repos, de patience, et les émeraudes ou l'ambre qu'il y a dans les sédiments sont la preuve de ce passage de la mémoire à l'or, dans la putréfaction, et mon exil ne sera ni vain ni glorieux, j'irai me mélanger aux boues de l'Orénoque et retrouver mes racines, comme on dit, elles ne sont qu'un champ de ruines fertiles où poussent les pierres précieuses, lointaines et anonymes, de tant d'humains mêlés. Ce que je veux de mon ventre, c'est une tendresse enfantine qui guérisse, qui soigne la solitude irrémédiable du corps, et lui donne son sens, enfin, s'il doit en avoir un au-delà d'offrir son poids au monde, sa masse à la terre, un maillon, un instant dans les convulsions universelles du rien vers le néant, offrir mes caresses – comme ma mère, comme sa mère avant elle – à cette fragilité, cette faiblesse de l'être si vite oubliée une fois adultes, et que nous retrouvons dans la vieillesse ou l'agonie, plus tard : je les ai vues, je les ai accompagnées, ces chairs dolentes, ces chairs allongées soignées par des hommes debout, cette humiliation constante du corps allongé à l'hôpital, on se penche sur vous, sur votre cas, vous voici dépossédé d'une grande partie de vous-même remise entre les mains d'un autre corps, médical celui-là, qui en fait son commerce et sa gloire, et moi, mes patients j'ai appris à les mettre à distance, à les rejeter loin de moi, à les soigner mécaniquement sans les guérir, malgré le trouble et les affects, inévitables, qui se fabriquent parfois dans la main d'un homme, dans le secret de doigts refermés, malgré le rejet, le dégoût, la haine même d'autres chairs pourtant tout aussi allongées : certaines ont le don de vous mettre hors de vous, d'autres vous émeuvent, et c'est peut-être par peur, par peur de ces intrusions que j'ai choisi le bloc opératoire, pour remplacer les voix des patients par le cliquetis des instruments et le silence des viscères, refuser le danger où je me voyais mise, ainsi face à la compassion. Je peux y penser maintenant, sur ce bateau vibrant vers l'ouest à pleines machines, ma fuite a commencé il y a bien longtemps, petite fille je voulais guérir ceux qui m'entouraient, les guérir par ma tendresse d'une maladie que j'ignorais mais que je sentais partout autour de moi, et bien sûr me soigner moi-même en comblant par mes caresses ce vide, ce manque qui me faisait avancer vers les autres, pour recevoir à mon tour ce contact et cette chaleur.

L'orage la tire de ses pensées et de la contemplation du fleuve devenu glauque, rapide, parcouru de creux, de vagues étrangement sans écume. Le bateau roule et le déluge qui s'abat soudain sur le pont semble poussé par le vent depuis l'océan même – le parfum de la pluie, salé et tiède, l'accompagne jusque dans sa cabine, et assise sur le lit le dos contre la cloison, les genoux remontés, les mains croisées sur le nombril, elle écoute la soudaine tempête se déchaîner au-dehors, frapper au hublot et geindre dans les haubans.

Alors que le bateau danse dans les lames, elle pense à son ventre.

Cet enfant, elle a déjà envie de le tenir, elle n'ose pas lui parler, elle le caresse juste doucement du doigt. Comment comprendre cette certitude ? Une fois à Rio ou ailleurs elle s'établira. Elle trouvera du travail dans une bonne clinique, d'excellents médecins se pencheront sur ce germe, cet être grandissant dans ses entrailles. Elle pourrait retourner à Paris. Tout à coup, elle a envie de Paris, de rentrer chez elle, qu'est-ce que cela changerait, elle est bien, ici, à flotter au milieu de la tempête sans rien toucher du monde, comme l'a dit Elie. Elle se demande où s'abritent les mouettes, pendant les tornades, peut-être restent-elles en vol bec au vent tout du long de l'orage. A Paris c'est la fin de l'été ; un visage apparaît, elle ne le chasse pas, au contraire, elle le détaille, elle le convoque dans cette cabine où la voix puissante, le cri du vent rappelle les spectres. Comment lui en vouloir, elle ne peut en vouloir qu'à elle-même, elle savait dès le départ, elle le désirait pour ses blessures, ce tremblement, cet angle de l'âme, la dureté fragile du verre, un homme de verre, rien de plus.

Dans sa valise, à part les livres et le couteau, il y a une boussole, un joli compas de poche qu'elle a acheté pour suivre le parcours du bateau. Ils filent ouest-sud-ouest – le cargo maintient le cap malgré la tempête ; ils se rapprochent sans doute de la côte, en théorie ce soir ils devraient toucher terre. Elle va remonter le fleuve jusqu'à Puerto Ayacucho, ensuite les cataractes l'empêcheront sûrement de poursuivre sa navigation, il doit pourtant bien y avoir des habitants, des chercheurs d'or, ces contrebandiers brésiliens venus voler le précieux métal charrié par les rivières, Eldorado, le limon dont s'oignaient les caciques et son minerai à elle, la nouveauté et les récits qu'elle espère découvrir – sa cousine pourtant l'a prévenue, là-bas personne ne sait rien, ton père a disparu, tout simplement, comme seul on peut disparaître dans ces contrées à demi sauvages ; il chassait les caïmans, revendait leurs peaux, peut-être un peu d'or aussi, c'est tout ce que l'on sait, et le bruyant silence de la forêt ensevelit toutes choses, tu penses bien qu'après ces longues années il ne reste même pas son nom dans le souvenir des colporteurs ou des soldats.

Amérique de courte mémoire, tout comme le long fleuve sur lequel elle glisse, à rebours des eaux limoneuses et tourmentées.

23

Je la déposai chez elle : je n'ai pas trop envie de rentrer, me dit-elle en me regardant, et ma poitrine se serra un instant, mais j'avais mal compris – c'était Youri, elle ne voulait pas se retrouver seule avec lui. Tout à coup, elle était au bord des larmes, je ne voyais pas pourquoi, bien sûr, je ne pouvais pas savoir ce qu'il y avait en elle, entre eux, et ce qui l'attendait là-haut. Tu veux qu'on marche un peu ? j'ai demandé. Non, écoute, elle hésita, tu veux bien monter avec moi ? Je me demande dans quel état je vais le retrouver.

Elle avait demandé à Youri de la rejoindre chez elle quand il sortirait de l'hôpital, il était déjà tard, près de minuit, il était certainement là, j'ai réfléchi, je n'avais pas envie de rentrer non plus, chez moi c'était le désert, il faisait chaud, la nuit était magnifique, j'avais un peu bu, j'étais bien avec elle et je suis monté.

Youri était allongé dans le canapé, sur le dos, une cigarette à la main ; il regardait le plafond. Il n'a pas soufflé un mot à notre arrivée. Il était complètement ailleurs. Je lui ai dit je ne sais plus quoi, il n'a rien répondu. J'ai observé son visage, il y avait comme des traces de pleurs, difficile à dire, ses yeux étaient tellement cernés. Il était très pâle.

Joana s'agitait, elle s'est mise à ranger le minuscule appartement, les livres, les choses qui

traînaient un peu partout, la cuisine, je me suis
assis en face de Youri, il regardait toujours le plafond.

— Ça ne va pas ? j'ai demandé.

— Mets-toi à ma place, répondit-il.

Je pensais qu'il allait rester silencieux, et l'absurdité de cette réponse me surprit. Je n'avais
pas envie d'en savoir plus. Aujourd'hui, je crois
comprendre ; après en avoir discuté des heures
et des heures avec Aude, à confronter des ana-
lyses, je commence peut-être, la douleur éloignée,
le deuil fait, à entrevoir la vérité, la possibilité
pour un homme d'abdiquer sa raison, de décider, en toute conscience, de plonger dans la folie,
incapable de répondre aux questions qui le brûlent, et de se précipiter dans la souffrance.

Youri ferma les yeux un instant, très fort, comme
si la fumée lui était entrée dans l'œil.

— Ignacio, rentrons, tu veux bien ? dit-il.

Il se leva et, sans rien ajouter, se dirigea vers la
porte, Joana l'observait depuis le seuil de la cuisine, il n'eut pas un regard pour elle.

Pourquoi l'a-t-il attendue, si c'est pour partir ?
songeai-je. Peut-être m'attendait-il moi, allez savoir.

Je n'avais aucune envie de m'en aller, mais je
suis sorti à mon tour, derrière lui, il descendait
les marches quatre à quatre, comme à son habitude, j'étais gêné, je savais trop bien que notre
amitié était morte, je n'avais plus rien à lui dire,
j'avais peur qu'il ne parle, je sentais qu'il allait
distribuer les responsabilités, une par une, à tout
le monde, elle comprise, qu'il finirait par en
revenir à lui-même, qu'il s'écouterait, se jugerait,
s'apitoierait sur son sort et finirait par se condam-
ner, comme toujours, incapable de sortir du
cercle, de briser l'aporie, il se fracassait toujours
contre le même écueil, fouillait, fouissait autour

de lui en aveugle pour découvrir un sens, un but qu'il ne trouvait nulle part, et dès qu'il le sentait proche, dès que la vie ou la mort le lui mettait dans les mains, il le rejetait pour son absurdité, cherchant ailleurs, toujours plus loin, toujours plus profond une illumination, une révélation qu'on lui refusait parce qu'il n'y croyait pas, en vérité c'est lui le hamster sur sa roue, il tourne à l'infini dans le noir, sa conscience ne lui sert à rien, tous les livres qu'il lit mal non plus, pensai-je, et même si j'étais loin d'imaginer les circonstances, j'entrevoyais la maladie où il s'était mis, et je descendais l'escalier après lui, en me demandant comment j'avais pu laisser aussi facilement Joana derrière moi pour le suivre, et j'eus un instant la sensation que tout ce qui s'était passé, tout ce qui se produisait jusqu'à présent était de son fait, que c'était lui le maître de cérémonie, le grand ordonnateur, le chorégraphe aveugle du ballet.

Une fois dans la rue, marchant vers chez lui (il habitait aux Batignolles, sur le chemin de ma place Pereire), il commença par me parler, comme toujours, de l'hôpital. Des valves qu'il devait poser le lendemain, de réparations, d'aortes ; de températures, d'âge, de mortalité, de pollution ; de la nuit, des étoiles et de la chaleur. Il ne fit aucune allusion à son comportement, à sa position dans le canapé, à Joana, à notre fuite de chez elle ; il parlait tranquillement, en marchant, et je cherchais la raison de notre départ, pourquoi sommes-nous partis, dans quel but, pourquoi suis-je ici, à l'écouter, demain je retournerai à l'hôpital, pensai-je, pour mon contingent de petits vieux, moi aussi à dix heures j'ai une opération difficile, ensuite on verra, je ne voulais pas retrouver tout cela aussi vite, en taxi en cinq minutes j'aurais été chez moi, quelle idiotie de l'avoir suivi, à pied, nous approchions de la place Clichy, des touristes descendaient ou montaient d'un autobus, ils allaient au Moulin-Rouge, ou ils en sortaient, en quinze ans je n'y suis jamais allé, c'est étrange que je me sois fait cette réflexion à ce moment précis, en quinze ans je ne suis jamais entré ni au Lido ni au Moulin-Rouge, ces lieux si parisiens ne sont pas à Paris, ils sont ailleurs, en fait, dans un univers parallèle, et c'est là que j'ai vu, que j'ai compris où se débat Youri, intouchable, inatteignable, je le vois, je l'entends me parler mais je ne peux pas réellement l'atteindre, et lui non plus, il ne peut toucher personne, uniquement des corps, les mains gantées, il ne rejoint rien, ne parvient nulle part, il fait de grands mouvements de bras et de jambes sans résultat, immatériel, et c'est cette solitude désespérée de l'ombre qui le détruit, de l'autre côté d'un mur de verre, transparent, il marche à mes côtés absolument seul, définitivement, et j'ai pensé à un poème de Tagore, Youri continuait à parler, de cœurs, de ventricules, de pontages, *je la pille de mes baisers*, disait Tagore, *mais la beauté m'élude et je retombe*, Youri voulait me parler, je le savais, je le devinais, il m'avait demandé de sortir avec lui pour parler de Joana, pour parler gravement de ce qui le rongeait depuis quelques jours, il en était incapable, par orgueil, *comment pourrait le corps toucher*, pour l'épaisseur du verre contre lequel il se brisait, *ce que seule l'âme peut atteindre* ?

La place Clichy passée, je savais qu'il ne me dirait rien ; nous marchions en silence ; il devait lutter contre lui-même, essayer vainement de me dire, sa logorrhée médicale apaisée, ce que je devinais ; il voulait me faire part de sa décision à lui, Youri le spectre, qui était en train de les détruire, l'un comme l'autre ; il n'arrivera à rien, pensai-je ; je lui dis au revoir poliment, boulevard des Batignolles, et je fis signe à un taxi.

Désemparé, il me regarda monter dans l'automobile, en me murmurant à peine à demain.

24

Dans son réduit secoué à présent par la tempête et illuminé par les éclairs, serrée contre les corps encombrants de ses fantômes, ballottée de droite à gauche au gré du roulis, elle a la migraine et la nausée. Elle se souvient d'avoir lu quelque part que le mal de mer est le plus terrible des maux, que des marins en sont devenus fous, finissant par se jeter à l'eau pour y échapper – dans les embruns qui pénètrent par le hublot et trempent la couchette, elle pourrait se croire au milieu de l'Atlantique, au creux d'une caravelle remplie d'esclaves ; quand elle accostera et sortira de l'obscurité de la cale, quel saint sera là pour lui tendre la main, San Pedro lui-même, saint Christophe sur les épaules de qui on franchit les rivières, ou Hermès, dieu des fugitifs et guide des ombres, les serpents à ses pieds, sur la berge, ou tous trois ensemble : il y aura, au débarcadère, un humble porteur noir, un aventurier gigantesque et doux, et un capitaine rusé, inquiétant, aux manières fines ; peut-être aussi saint Marc, saint Georges et saint Nicolas, un noble, un guerrier en armes et un marchand, dans la légende ils ont défait les vagues et l'orage, ensemble, debout sur la grève, face aux flots déchaînés sous le ciel noir, ils ont vaincu la tempête et ses démons qui menaçaient d'engloutir la ville – qui sera là pour

l'accueillir, lorsque comme les esclaves elle rece-
vra la lumière éblouissante du Nouveau Monde
et consacrera aux divinités païennes laissées derrière elle, en offrande, l'enfant qu'elle porte ; elle
l'élèvera dans le souvenir et le respect des dispa-
rus, elle lui lira les vies de tous ces saints si bons ;
elle lui dira des histoires, je te dirai des histoires,
j'ai mal à la tête et envie de vomir, au fond de ce
bateau, mais je te parle, à toi que je devine dans
mon ventre, à toi que je désire dans mon ventre,
comment l'avenir peut-il être un lien vers le
passé, pourtant tu es une corde qui me rattache
au passé, toi encore à naître, et je sais, j'ai la sensation que tu n'existes pas, que tu n'existes plus
que dans mon imagination, je le sais comme les
femmes (c'est ainsi, le désir prend parfois le dessus sur le corps) savent ces choses, je sais que tu
n'es plus que la volonté d'un lien, d'une corde
vers l'arrière, le désir d'un garde-fou, d'une rambarde, d'une utilité à la matrice, tout serait si
simple, je retournerais aux sources de l'Orénoque
comme mon père autrefois avec toi dans mon
ventre, je m'établirais dans un creux du fleuve
comme on revient, adulte, à son enfance, aux
corps séparés qui vous ont fait naître, je répare-
rais l'origine dédoublée, et cette infinie tendresse
sans objet que je porte en moi, que je déplace de
corps en corps, d'homme en homme, trouverait
enfin son but, sa fin, son sens, et j'ai du mal, j'ai
mal car je sens, je sais que je t'ai vu disparaître
sur les pentes d'une cuvette de faïence, dans des
taches de sang caillouteux et noirci, voilà la
vérité, mais il reste l'histoire que je te construis
dans ce bateau où je balance entre la nausée, la
douleur et les larmes, joyeuses, joyeuses de ton
souvenir tiède serré dans mon ventre, il faut bien
qu'il reste quelque chose des émois qui t'ont

fabriqué, des cellules qui t'ont composé, de la glaire où tu t'es niché et construit, il reste le récit que je t'imagine, ce père transparent, fin comme une feuille, craquelé par le poids des corps qu'il ouvre sans en obtenir aucun mystère, et cet autre père rêvé, doux et calmé, savant, qui aurait su t'emmener vers son pays lointain et charmant, t'enseigner, te rassurer de ses bras dans la nuit qui t'entoure, ils se refusent à mourir, à disparaître, et moi aussi, je m'accroche à ce ventre où tu ne te tiens plus – tu as glissé, tu es tombé –, à cette boussole de poche pour m'orienter, à ce couteau replié dans mon sac pour me défendre des hommes et des bêtes, je m'accroche malgré la douleur et le mal de mer à ce bateau qui m'emmène dans le Sud pour tout recommencer, renaître, effacer, reprendre, remettre à neuf, dans un pays vierge et nu, mon existence. Je t'ai perdu, je te construis, je lutte pour toi.

Dans ces draps étouffants, dans ma sueur, dans l'orage et son tonnerre, je retiens l'impossible de mes bras, je lutte, la lame au côté – combien ai-je tendu d'outils tranchants pour déchirer, ouvrir, réparer des êtres assoupis, j'ai vu les replis de la machine vibrer comme le moteur de ce bateau, j'ai observé des mains prestes prendre le métal que je leur tendais pour pincer, inciser, extirper, clore, et ce même creux de l'abdomen, cette cavité au haut du sexe, je voudrais l'ouvrir moi-même, t'y rencontrer, qu'une histoire s'y construise encore, que tu grandisses au fil du fleuve, jour après jour, pour transparaître dans tes gènes, dans tes traits, que quelque chose se poursuive au-delà du simple instrument de métal qui nous protège, comme le masque nous protège, des agressions de ces corps allongés, prélude à la disparition, et je me suis souvent demandé, dans la fatigue, dans la confusion, où vont ces gens lorsqu'on les opère, où vont ces patients quand leur ventre est ouvert, vers où glissent leur volonté, leur conscience, tout éteints et disposés qu'ils sont sur la table, offerts au bistouri que je tends, éloignés par les rires du chirurgien, retirés de leurs corps par la routine, l'habitude et l'humour du praticien qui a oublié ce qu'il ouvre, depuis longtemps, tout comme le capitaine du navire ne voit plus, dans le mirage des rives du fleuve, dans la tempête, que le reflet de sa dextérité, son métier, et les passagers qu'il transporte lui aussi au milieu des caisses sont tous identiques, et je suis bien incapable, moi, de me voir, de te voir à travers la peau, je te laisse grandir comme un étranger en souhaitant t'atteindre, comme je cherche à m'atteindre en remontant cette grande rivière déchirée par la tempête, et cette nausée, ce mal de fleuve, cette migraine est tout ce qui me parvient de moi-même remontant vers l'origine pour soigner, pour guérir en toi mon mauvais départ, cette fuite de l'homme en avant de lui-même.

Et j'ai beau essayer de discerner, dans les éclairs et les lianes denses de la pluie, les rivages vers lesquels je me dirige, je ne vois que l'obscurité qui m'en sépare.

25

Les deux jours suivants je ne quittai presque pas l'hôpital. La chaleur était impressionnante, je ne me souvenais pas d'avoir eu si chaud à Paris, jamais, je me prenais presque à rêver de la douce altitude de Caracas ou de Bogotá, d'une haute vallée, et lorsque je parlais à Aude au téléphone, bien au frais dans ses montagnes, il me prenait l'envie de tout plaquer et de filer la rejoindre – pas bien longtemps : l'appel téléphonique suivant, à Joana celui-là, me rattachait instantanément à la capitale, où les vieux et les malades mouraient en silence. Il faut le reconnaître, j'étais bien plus préoccupé par nos histoires, Joana, Youri et moi, que par la canicule, et, au fond, mis à part les cadavres que nous apportaient les pompiers, l'air d'apocalypse des urgences, l'absence de moyens, de ventilateurs, de climatisation, de personnel, c'était tout de même à l'hôpital qu'on mourait le moins : l'hydratation régulière, les soins et la surveillance constants nous mettaient à l'abri, dans la plupart des cas, de conséquences funestes – les malades réellement fragiles, les opérés, les cardiaques étaient concentrés en réanimation et dans les salles de réveil, climatisées. Et nous-mêmes, si les chirurgiens ont toujours été les privilégiés de l'institution, nous l'étions cette fois-ci encore plus : nous travaillions à la fraîche, artificielle certes, mais c'était un luxe qui n'avait pas de prix, ne pas suer, respirer, le repos, oublier la météorologie pour nous concentrer sur les viscères qui sont eux, dans la majorité des cas, toujours à la même température. Le moins que l'on puisse dire, c'est que j'opérais sans entrain, incapable d'oublier Joana, toute la matinée j'attendais de la croiser, sans oser l'appeler pour un prétexte futile, et au sortir du bloc, vers midi, après un coup d'œil au planning, je courus la rejoindre. J'ai vu immédiatement qu'elle aussi m'attendait, anxieuse, toujours pour une raison différente de la mienne, dans sa blouse bleue, belle, elle me demanda immédiatement alors, Youri t'a parlé ? et cette gifle terrible, une fois de plus, une fois de trop, je n'ai pu me retenir, quoi Youri, j'ai dit, encore, laisse-le un peu tomber, et laisse-moi en dehors de tout ça, violemment, je me suis emporté et son visage s'est rompu, ses lèvres sont retombées, ses yeux se sont emplis de larmes, instantanément, et elle est partie. Elle s'est retournée et elle est partie, et Imbert qui passait dans le couloir, tout bronzé, tout juste revenu de vacances, majestueux, a souri, alors Ignacio, toujours à briser les cœurs, laisse ça aux cardiologues, nous, la tripe, mon vieux, la tripe et le cul, et il m'a fait un clin d'œil salace. Je suis allé remplir des papiers, au calme dans notre petit bureau, il y faisait chaud comme dans un four, le soleil était bien haut. J'ai attendu, je suis allé prendre un déjeuner que je n'ai pas touché, je suis descendu donner un coup de main aux internes, la canicule rendait tout le monde fou, il régnait une espèce d'hystérie désespérée, les patients attendaient des heures sur les brancards, Youri n'était pas là, il s'était fait porter pâle, je ne comprenais plus très bien, son excitation, sa folie de travail des jours précédents et aujourd'hui, alors qu'on a tant besoin de lui, il ne vient pas, ses internes étaient désespérés, ils réanimaient à tour de bras, sans filet, et plus d'un cas difficile s'était soldé par un décès, les pauvres ils se souviendraient de cette semaine, une jeune fille, quel âge pouvait-elle avoir, elle venait d'arriver, vingt-six ou vingt-sept ans peut-être, pleurait toutes les larmes de son corps dans les bras de la secrétaire, il était sept heures, elle n'en pouvait plus, doublement impuissante, face à la chaleur et à son incompétence qu'elle voyait, béante, devant elle, les erreurs, les maladresses commises dont elle se sentait responsable, il n'y avait rien d'autre à faire que la rassurer, la secrétaire et moi lui parlions doucement, comme à une petite fille ; elle ne me connaissait pas, mais mon insistance à lui dire tu n'y es pour rien, parfois les circonstances décident, tu as fait ton travail, tu as fait ce que tu as pu, la consolait un peu.

Puis, petit à petit, Joana est revenue dans mes pensées, j'avais envie de m'excuser – la fatigue, l'âme limée, érodée par le désir, la frustration, la chaleur qui augmente le désir et la frustration, la perspective de me retrouver seul ce soir dans mon appartement face à mes livres, à suer sans pouvoir dormir me faisaient souhaiter être près d'elle, c'est tout ce que je pouvais vouloir, aussi, malgré les commentaires ironiques d'Imbert (quand le Russe n'est pas là, les souris dansent, dit-il) j'allai chercher Joana à son vestiaire. Je suis désolé pour tout à l'heure, elle me sourit en me disant ce n'est rien, je comprends, elle hésite une seconde, tu veux aller boire une bière, comme hier ? J'ai dit oui, bien sûr, et après je t'invite à dîner, pour me faire pardonner.

Ce n'était pas du tout prémédité, j'ai eu cette idée sur le moment, et, assis tranquillement à la même terrasse que la veille, devant un demi, à bavarder de choses insignifiantes, des touristes, de Paris en août, sans grand entrain, un peu abattus par une triste journée et la température encore insupportable malgré le soir, je n'avais qu'une idée, c'était changer de décor et l'emmener au restaurant. Je voyais qu'elle était bien morose, en dépit de tous ses efforts pour me laisser croire le contraire, je sentais l'ombre, les nuages derrière son sourire, et d'un coup, parce que j'étais de plus en plus sûr que c'était ce qu'elle attendait, du coq à l'âne, j'ai dit Youri ne m'a pas parlé, hier, il s'est contenté de banalités sur ce qu'il devait faire aujourd'hui et que finalement il n'a pas fait. Elle m'a regardé d'un air désolé, je sentais qu'elle était au bord des larmes : je devrais me faire une raison, mais je n'y arrive pas. Je devrais raisonnablement me dire c'est fini, mais… je ne peux pas. J'ai tellement la sensation que tout pourrait être différent, s'il se laissait aller, et j'essaye de faire mon possible, pour l'aider, mais il le refuse, tu sais bien, c'est de pire en pire, et surtout, surtout, comment te dire, c'est étrange de te raconter tout ça, mais il y a quelque chose de plus, que je ne peux pas encore te dire, je ne sais pas comment je fais pour continuer à le voir, et elle s'est mise à pleurer, mon désir brisé tout d'un coup gisait là, son couple à elle gisait là aussi, mon Dieu, pensai-je, c'était tellement absurde, tout espoir s'évanouissait, croyais-je, on vient de me l'enlever, pourtant j'avais plus que jamais envie de l'avoir dans mes bras. Elle a essuyé ses larmes d'un geste rageur, j'ai pris sa main sans réfléchir, de l'autre elle s'est frotté une seconde les yeux en soupirant, et après le soupir – je sentais distinctement son pouls à travers sa peau – elle a serré ma main dans la sienne, avec une grande clarté dans le regard, avec un sentiment diffus qui me parvenait à travers ses doigts, c'était elle qui me tenait la main, c'était ses yeux qui m'observaient, et, au sommet de cette seconde immense, tout a basculé, simplement.

Cette main, je ne l'ai pas lâchée pendant les cent mètres qui nous séparaient du restaurant italien du virage Lepic – étrange comme on s'oublie facilement, un moment, étrange comme on devient facilement un autre, j'ai repensé à mon chapeau, s'il n'avait pas fait aussi chaud je l'aurais mis en cet instant, mon couvre-chef adultère. Elle ne me l'a pas reprise, cette main, elle l'a laissée tout du long dans la mienne, elle se tenait toute proche de moi, épaule contre épaule, presque, et je cherchais quelles ressources de l'âme, quelles circonstances – l'épuisement psychique, la fatigue, la chaleur – avaient pu de cette façon lui donner envie de ma tendresse, de me laisser franchir, ainsi, d'un coup, la première frontière du corps. Petit à petit, j'ai pensé à la différence d'âge, à ces gens qui pouvaient penser qu'elle était ma fille, ou presque, vingt ans ce n'est pas rien, j'ai décidé d'oublier pour ce soir, d'éteindre immédiatement mon téléphone dans ma poche, pour ne pas risquer – tout ceci était pourtant bien innocent – un appel inopiné d'Aude, et du coup je pensai à elle, un instant, presque arrivés à destination, elle aurait dit les hommes sont veules et lâches, et j'ai pensé que j'étais comme Youri, exactement, malade, tout comme lui, d'un autre type d'affection, non moins grave, non moins absurde, et que seules Aude et Joana étaient dans le vrai, pourtant j'ai serré un peu plus fort sa main dans la mienne et elle s'est retournée vers moi pour me sourire, tu veux vraiment aller chez l'Italien ? a-t-elle demandé. Si tu veux, je t'invite à dîner chez moi, j'ai tout ce qu'il faut. Il suffit juste de prendre une bouteille de vin frais chez l'épicier.

Dans les bonds que faisait mon cœur, il me restait suffisamment de raison pour comprendre que cette invitation ne voulait rien dire, bien que, par une chaleur pareille, tout le monde eût souhaité rester à une terrasse de la rue Lepic. Que sa main ne voulait rien dire. Que plus rien ne voudrait rien dire, si j'acceptais.

Ce que je fis, sans hésiter, enthousiaste d'aller vers la perdition, de tout détruire d'un coup, mon mariage, ma situation, tout ce que j'avais patiemment construit des années durant.

26

Elle dirait presque une prière pour que l'orage passe. Si elle se souvenait des oraisons, des angélus de sa grand-mère, elle les réciterait à présent avec ferveur. Elle hésite à monter sur le pont, sans doute battu par la pluie et les vagues ; comment un fleuve peut-il avoir ainsi la violence de l'océan ? Pourtant, ils devraient accoster sous peu ; elle a oublié le nom du port de ce soir ; elle entrevoit la côte au gré des éclairs, une masse sombre un instant électrisée, proche, quelle heure peut-il bien être, la nuit est encore loin et il semble que le crépuscule soit déjà là, saint Marc, saint Georges et saint Nicolas ne sont pas encore arrivés, ils sont dans une barque, un simple pêcheur les emmène sans savoir qui il transporte, ils ne vont pas tarder à venir, à calmer de lumière les flots noircis.

L'étroitesse de sa cabine lui paraît soudain insupportable. Elle titube jusqu'à la porte, l'estomac au bord des lèvres ; elle se précipite dans la coursive, vers l'échelle de coupée, elle a du mal à ouvrir la porte de métal qui la sépare du pont, où elle est accueillie par des trombes d'eau et un vent violent. Elle s'abrite comme elle peut sous la passerelle ; le bateau lui paraît rouler un peu moins, elle voit clairement l'horizon noir se mouvoir avec elle, agrippée à la rambarde, et sa nausée se calme un peu – l'eau lui dégouline le long du cou, des cheveux. Les vagues ou les mouvements du fleuve montent le long du bastingage pour se briser sur le plat-bord, en l'arrosant d'une grande gerbe vaseuse, à l'odeur de décomposition, et lorsque le bateau penche sa proue dans les creux, elle est obligée de se tenir des deux mains pour ne pas tomber en avant, en arrière, mais rincée ainsi par la rivière et l'orage, l'envie de vomir, la migraine s'éloignent doucement, elle les oublie, plutôt, dans la contemplation de la côte verdâtre où s'abattent les éclairs, déchirant la brume, le rideau liquide de la pluie, dans les cris métalliques du bateau, les cliquetis des haubans, du câble de la grue frappant le portant, dans le tonnerre qui résonne, métallique lui aussi, sur la surface liquide, les coups, les coups sourds, étranges, des lames résonnant contre la coque et le claquement interminable des gouttes sur le pont.

— *Oiga*, qu'est-ce que vous faites ici ? Oh, vous m'entendez ? Qu'est-ce que vous faites là ?

Dans son ciré, au-dessus d'elle sur la passerelle, l'officier est obligé de hurler pour qu'elle l'entende.

— Vous êtes malade ? Ne bougez pas, je descends.

En quelques secondes, il est auprès d'elle, l'air furieux ; il paraît encore plus grand et maigre, dans sa combinaison verte ruisselante de pluie.

— Vous ne pouvez pas rester ici. Descendez à votre couchette. Et fermez le hublot, ou tout va être trempé.

— J'ai un peu le mal de mer… J'avais besoin d'air.

Le second semble se radoucir un peu.

— C'est vrai que vous êtes pâle. Venez avec moi, on va trouver quelque chose pour vous remettre d'aplomb. Et vous serez toujours mieux qu'en bas. Passez devant, je vous suis.

Fermement agrippée à la rambarde, elle remonte l'escalier métallique, l'homme derrière elle ; il la rattrape lorsque ses chaussures glissent sur le métal mouillé. En haut de l'échelle, il manœuvre la porte du poste, par-dessus son épaule ; la cabine sent le tabac et l'humidité. Le capitaine est à la barre, devant des instruments, des compas ; on entend le grésillement d'une radio, et derrière le cockpit battu par la pluie, elle découvre l'immensité grise du fleuve, la côte, plate, verte, et ce qui semble, au loin, être les bâtiments d'un port.

Le pilote se retourne un instant vers elle, ses traits sont ceux d'un Indien, il l'observe une seconde, sans rien dire, avant de retourner à sa navigation. Ici, en hauteur, les mouvements du navire sont plus importants ; le second la fait asseoir sur une chaise, dans un coin.

— Ne bougez pas, je reviens.

Il n'y a aucun signe de tension, tout a l'air d'être absolument routinier pour ces gens, ce ne doit pas être leur premier orage. Dans ce monde étranger, au milieu de techniques qu'elle ignore, de cadrans, de radars et de sondeurs, elle est sagement assise comme une petite fille malade, à attendre qu'on veuille bien s'occuper d'elle, alors que le commandant, de dos, ne lui adresse plus un regard. Elle n'ose pas se lever, la nausée revient, elle a des sueurs froides, des frissons qui se mêlent aux gouttes de pluie coulant de ses cheveux, désorientée, comme ces patients inquiets, allongés sur un brancard, attendent dans l'angoisse de savoir ce que le médecin leur réserve. Elle ne comprend pas – vu d'ici, le port a l'air tout près, et pourtant, le bateau ne s'en

rapproche pas ; il reste bringuebalé par le courant, sans avancer, dirait-on ; les yeux rivés à la
ligne d'horizon qui danse, elle appréhende l'humiliation totale, absolue, d'être dépossédée de
son corps, elle se voit perdre tout pouvoir sur
elle-même et dans des larmes de honte et de
douleur, impuissante, elle sent son ventre se
plier, son œsophage se contracter et son estomac
– sucs, traces d'aliments du matin – se répandre
sur le sol par sa bouche grande ouverte où s'installe le goût acide de la défaite et de l'avilissement.

*

Ce linge humide sur mon front, ma mère le
posait déjà, chaque fois que j'étais malade, pour
tout soigner, les fièvres, les nausées, les maladies
infantiles. Frais au départ il tiédissait doucement
contre ma peau, il remplaçait sa main, pendant
qu'elle préparait le médicament. Puis elle attendait que je m'endorme, mes doigts dans les siens,
et à mon réveil, la serviette mouillée avait disparu, avec la maladie, la nausée, la fièvre, sans
que je m'en aperçoive, tout comme à présent,
l'homme qui m'a allongée doucement dans ma
cabine, qui m'a nettoyé le visage et m'a donné à
boire un remède au goût d'alcool de menthe, qui
m'explique doucement que dès que le vent sera
moins fort, les vagues moins hautes, nous entrerons au port, que le navire danse ainsi dans le
courant parce qu'il est immobile au milieu du
fleuve, il a l'air de s'excuser de ce qu'il me fait
subir, la honte de m'être ainsi répandue, d'avoir
perdu devant eux l'usage de mon corps, il s'excuse pour la rivière et pour le navire, et malgré
sa maigreur, sa haute taille, la froideur de son

regard, je sens dans ses mains décharnées une présence, un contact allié à la voix rassurante, étrangère, ses expressions, *no pasa nada, prontito se pondrá buena*, pourquoi mon père ne m'a-t-il jamais parlé dans sa langue, pourquoi a-t-il cherché à s'effacer, à se fondre dans l'étranger où il vivait, pourquoi ne donnait-il rien de lui-même, rien de son histoire, de ses territoires d'origine, me laissant claudiquer dans le monde sur une seule jambe, jusqu'à remonter en boitant la pente douce de l'Orénoque, sans pouvoir me rattraper à rien, dans ces moments où l'on se sent glisser, où l'on sent les autres glisser autour de soi, peut-être si j'avais été plus solidement plantée, droite, aurais-je pu arrêter dans sa chute – ombres dévorantes, haine de soi et des autres – celui qui marchait si mal dans le noir, les bras en avant pour pousser, sans rien y voir, la vie devant lui, celui que je désirais pour son infirmité, la mienne, identique, je souhaitais le soigner et qu'il me soigne, comme à présent cet homme qui lui ressemble applique un linge humide sur mon front, moi qui viens de vomir, à peine le voyage commencé j'abandonne mon corps à cette barcasse, comme on abandonne un enfant au fleuve, comme on sent s'enfuir, dans le courant trop puissant, l'eau vers l'embouchure.

27

Dans mon enfance il y avait un livre, un grand livre à la tranche fatiguée. Il appartenait à mon arrière-grand-père, le grand-père de ma mère, et tout commence par ce livre, je m'en souviens seulement maintenant, tout commence par ce livre, illustré de gravures en noir et blanc, au papier sali, à la couverture tachée d'humidité, un peu, au coin – Joana parle dans le bruissement de la nuit, sans vraiment me prêter attention, allongé à ses côtés. Dans mon enfance, il était avec d'autres, presque identiques, dans la bibliothèque de ma grand-mère, c'est le livre magique où tout commence.

Elle replie les mains sur son ventre nu, remonte un peu ses genoux, ils se nichent contre mes cuisses, je sens son souffle, je ferme les yeux, j'emprisonne dans l'obscurité le timbre de sa voix.

Dans le livre, il y avait un caïman, c'était une revue du XIXᵉ siècle, d'explorations, de voyages, il y avait un caïman qui pour moi ressemblait à un crocodile, et ce crocodile attrapait un homme sur un radeau au milieu d'un fleuve, il lui arrachait presque la jambe. Je revois parfaitement la gravure, la position des corps, l'affolement et la douleur dans le visage du Noir (pour moi c'était un esclave) dont la jambe était dans la gueule du caïman énorme, aux grands yeux, et ensuite, dit-elle en caressant doucement mon épaule, il y avait une autre gravure plus terrible encore : la plaie, la morsure du caïman que le Noir montrait à ses maîtres, les explorateurs blancs qui devaient être aussi un peu médecins, la blessure terrible, la peau arrachée, les marques de dents du crocodile, au milieu du Grand Fleuve, sur le radeau entre les branchages, et la légende sous l'illustration disait, tout simplement, *Plaie d'Apatou*, ni plus, ni moins, on sentait que les explorateurs allaient en profiter pour mesurer la taille de la denture, l'écartement des mâchoires de la bête, directement sur la peau d'Apatou le Noir. Alors ce livre, pris au hasard dans la bibliothèque pour sa reliure et son format étrange, je l'ai monté dans ma chambre, sans rien dire à personne. Je l'ai caché sous mon oreiller. J'avais douze ans, je crois, mais je n'étais pas très en avance, j'avais encore des poupées, j'étais encore une petite fille, surtout chez ma grand-mère, où l'enfance n'en finissait pas de finir, au milieu de tant de confitures, dit-elle en poursuivant ses caresses. Le soir venu je l'ai repris, surtout pour en regarder les images, il y avait plusieurs récits, tous illustrés, de voyages merveilleux, en Arabie, en Sibérie, mais aussi en Europe, et, au milieu de l'ouvrage, le caïman. Je crois que c'est la seule histoire que j'aie vraiment lue, je m'étonne encore qu'une fille aussi jeune que moi puisse avoir lu un récit pareil, l'exploration d'une partie du cours de l'Orénoque par Jules Crevaux, officier de marine. Je l'ai lu non seulement à cause du caïman, mais aussi pour le titre, *Voyage d'exploration à travers la Nouvelle-Grenade et le Venezuela*, je savais qu'il s'agissait du pays de mon père – jamais il ne m'avait parlé ni de caïmans ni de crocodiles, ni de maladies horribles, de fièvres, ni d'Indiens dangereux ;

d'ailleurs jamais il ne m'avait vraiment parlé, il était mystérieux, un peu bourru, assez silencieux, et s'il me prenait très souvent dans ses bras, lorsqu'il était là, tout contre lui, presque comme ça, il parlait peu, comme toi, tendre mais peu expansif, beau, aussi, comme toi, je ne sais pas pourquoi je te parle de mon père, excuse-moi, je voulais te parler du livre, du *Tour du monde*. Tu ne dors pas, tu te laisses caresser, c'est bien, c'est rare les hommes qui se laissent caresser, vous avez une sorte de pudeur, un réflexe idiot, vous n'aimez pas vous laisser toucher doucement quand vous vous endormez. Tu t'endors, je ne peux pas m'arrêter de parler, c'est la nuit, de toute façon, je suis comme Molly, je parle pour parler, ou pour te bercer, mais je ne vais pas te raconter la première fois où j'ai fait l'amour, nous venons de le faire et chaque fois efface les précédentes, je n'ai pas la mémoire des corps, pas facilement du moins, je préfère te parler du *Tour du monde*, parce que c'est tout aussi intime. C'est en lisant le *Tour du monde* que j'ai su qu'un jour je remonterais l'Orénoque, et que j'ai décidé – pour autant que l'on prenne ce genre de décision –, que j'ai décidé de soigner, de panser cette plaie du caïman qui était la première blessure que je voyais, de guérir, d'être aux côtés des malades, ainsi cet homme mort sur une autre gravure du voyage de Crevaux, dans une pirogue, au beau milieu du fleuve déchaîné, des vagues, le cadavre est allongé aux côtés des rameurs, un linge sur le front, le visage reposé, un autre explorateur hirsute le pleure, et pour mon imagination de jeune fille, je crois, tout se mêle : je soigne sur l'Orénoque et cet homme, étendu dans la pirogue, c'est mon père mort, disparu, que je veux guérir. Tu vas dire que j'imagine tout cela aujourd'hui, la vie accomplie, l'Orénoque à portée de la main ou presque, à travers toi. Peut-être. Mais ce roman qu'est toujours la mémoire, se reconstituant à chaque instant, cet ouvrage cent fois remis sur le métier, il m'indique à présent d'où je souhaiterais provenir, je voudrais trouver mon origine dans cette illustration et dans ce livre, même si je l'ai oublié pendant longtemps, même si j'ai délaissé ce souvenir ou que je l'invente maintenant, en te parlant, pour renaître, renaître à l'Orénoque comme ces Indiens qui sont l'origine toujours présente du monde, semble-t-il, ils n'ont pas d'histoire et pas de mémoire, à ce qu'il paraît. C'est difficile à imaginer, ce temps circulaire. Mon père disparu, il est parti tôt, et le peu qu'il m'a laissé, je le retrouve à présent tout contre toi, une odeur de peau que je voudrais semblable, comme toujours je la veux semblable sans le vouloir vraiment, je le dis à présent mais au fond je n'en ai aucun souvenir, ou presque, et je la réinvente toujours, c'est un moteur, c'est une idée qui cherche à prendre corps. Fabriquer des orphelins de père, voilà la spécialité des femmes de la famille, sans le faire exprès, bien sûr, accueillir des hommes pour qu'ils disparaissent, s'effacent, on ne sait comment, s'en aillent ou décèdent, chez nous, moi, ma mère et sa mère avant elle, porteuses d'hommes qui s'en vont ou de femmes qui couveront des hommes qui s'en iront, je le dis sans amertume aucune, c'est ainsi, une tradition familiale – et elle ne prive pas du bonheur, au contraire, elle le déplace toujours dans un autre objet, vers un autre but, comme les pions du jeu de dames font disparaître ceux qu'ils croisent avant d'avancer vers d'autres, je ne regrette rien ; l'enfant que je désire lui aussi, orphelin de père, à son tour, il naîtra quelque part dans les Guyanes ou au Brésil, si j'y parviens, à Rio pourquoi pas, je remonterai le Grand Fleuve aussi loin que possible, comme je disais, l'Orénoque, et ce n'est pas plus insensé que de se tenir tranquille en attendant la fin, comme font les gens, ils se tiennent tranquilles, restent sagement ici ou là à attendre, en laissant les voyages à la jeunesse, et je ne parle pas uniquement de mouvement dans l'espace, je parle aussi de déplacement sentimental, de voyage amoureux. Je te murmure tout ceci pour que tu saches, en vérité par orgueil, pour que tu comprennes, s'il y a quelque chose à comprendre, que je ne serai bientôt plus là ; sans doute, je vous mélangerai, tous deux, quand je parlerai de vous, vous serez bien plus présents dans ce discours sur vous, bien plus réels dans ces personnages que toutes les vérités que je pourrais essayer de raconter, et n'y vois aucun regret, aucune amertume ni aucune tromperie, tu m'as été utile, tendre et présent, tu m'as donné la force d'entreprendre ce voyage, et cet instant d'oubli dans l'orgasme que tu m'as volé, cette minute où je n'ai pensé à rien, elle survivra bien quelque part ; c'est peut-être le seul bonheur réel que l'on conserve, le seul instant où l'âme touche le corps, comme dans le chant ou la prière.

Elle se tait un instant, promène sa main sur ma nuque, je frémis sous ses doigts. Je poursuis ma route, chuchote-t-elle, c'est tout, je veux une autre vie, une vie de plus, recommencer ; je vais remonter ce fleuve qui me fait rêver depuis si longtemps, et si j'ai pu passer cette nuit avec toi, c'est sans doute parce que j'ai décidé de partir, pour qu'il y ait un déchirement, une perte, je serai triste de te laisser et donnerai ainsi un sens à mon départ, quand tu aimes il faut partir, comme dit Youri, cela rappelle une naissance, un accouchement de soi dans le sang et les cris, un arrachement inévitable, quand tu aimes il faut partir. Je m'emballe et pourtant je lutte contre le sommeil, comme toi.

Voilà tout ce qu'elle me dirait, voilà ce que j'aurais aimé qu'elle me dise, avant de redescendre dans la chaleur de Paris abandonnée au mois d'août, avant de l'embrasser légèrement sur les lèvres, vite, et descendre en ondulant tel un serpent rampe se cacher dans les ronces, effrayé par le bruit de ce qui vient sur la route, par les vibrations qu'il sent au long de son ventre à travers le bitume, par ce qu'il devine de danger dans ces battements indécis contre ses entrailles, je descendais l'escalier en courant me cacher, regrettant la protection que m'aurait offerte, contre la double honte de la lâcheté et de l'adultère, mon chapeau vert à large bord.

Voilà, je suis enfin moi-même, dans ce réduit comme une cale, bercée par le hublot ouvert sur l'eau tourmentée, boueuse et verdâtre, toute illusion, tout mirage emportés par le courant, vers le delta marécageux, comme le sang s'enfuit, me quitte en tremblant, je le sens fluer entre mes jambes par à-coups, c'est le cycle qui reprend, l'ordre des choses, et la tristesse qui pourrait m'envahir, la perte, n'est qu'un fluide de plus laissé dans le fleuve, le contenu d'un estomac précipité au-dehors par la nausée, un récit qui s'efface. Il est difficile d'aller vers la source, il faut se défaire de tant de poids. S'alléger au maximum pour profiter des paysages, des cataractes, comme les Indiens vont, eux, presque nus dans la nature – je ne t'ai pas abandonné, tu ne m'as pas abandonnée, nous nous sommes juste laissés glisser, un peu trop, au fil de l'eau, et maintenant nous peinons pour avancer, l'intercession du saint des esclaves, le bâton d'Hermès se font attendre, mais je sais qu'ils viendront, aussi sûr que le caïman attend au fond du fleuve, gardien des pierres précieuses qui poussent lentement dans le limon, gemmes en germe – le diamant perdu croît silencieusement dans le souvenir, il brille lorsqu'on pense à lui ; je sais maintenant, toute nausée calmée, tout corps reposé, qu'il grandira, malgré ton absence, malgré la cage où tu t'es enfermé comme un animal pour protéger ta sauvagerie, la cage où tu te rues contre les grilles, ces mêmes grilles que tu as édifiées pour te défendre, tu mords tout ce qui s'approche, tout ce qui pourrait t'apprivoiser, et ta sauvagerie, ta rage est maintenant telle qu'elle souhaite briser ce qui la retient, ce qui assure sa sécurité et que tu as forgé pendant si longtemps, tout en sachant que si ces murs tombent, c'est toi qui disparais : ce sont nos blessures qui nous font, nos douleurs qui nous fabriquent, nos manques qui nous construisent, en creux, nous sommes coulés dans le moule du désir, il nous modèle en nous torturant, nous donne la forme de ce que nous n'avons pas, c'est le vide entre deux mondes, l'énergie entre deux corps qui se repoussent en se touchant, qui s'annulent dans l'étreinte si jamais ils s'atteignent, c'était prévu depuis le départ, il n'y avait rien à faire, donc rien à regretter, et la douleur que nous aurions pu nous épargner, la douleur et le long voyage vers l'origine, chacun de notre côté, les fleuves à remonter, les mouvements à entreprendre, les mains que l'on agrippe pour se rattraper, lorsqu'on se sent tomber – je les ai pris, ces doigts tendus, cette tendresse que j'ai moi-même provoquée, que j'ai regardée grandir, comme si de rien n'était, j'avais besoin de cette attention, de ce rempart contre la chute, je sentais confusément les tremblements que je provoquais, et c'était bien agréable de se rassurer par cette présence, cette peau contre la mienne, quelques instants construire une illusion, feindre l'oubli pour tout rassembler en un seul désir, retrouver ne serait-ce qu'une seconde la plénitude et le calme, avant que les couteaux de la mémoire ne me déchirent à nouveau, plus vifs, plus forts que jamais, c'est impossible de tout recommencer, impossible de se défaire de soi, de reconstruire, dans des bras neufs, une existence en cours de destruction, on est trop loin, le bateau est déjà parti, la rive éloignée, il ne reste plus que le long mystère de l'Orénoque, où rien ne se perd de ce qui aurait pu être, car j'emporte tout avec moi, les effleurements de mon père, la main minuscule de mon enfant, et abritée ainsi dans ce port inconnu, alors que le cargo s'apprête à repartir, caressée par le souvenir, je m'offre tout entière au voyage.

29

Elle m'appela à deux heures du matin.

Je ne dormais pas, pas encore. Il faisait trop chaud, je suais mes regrets. Le désir, sa machine à déchirer l'âme. Le père Serge se coupe un doigt, dans sa grotte, pour oublier le désir. Le père Serge prend un couteau et s'entaille la chair, se fracture l'os d'un coup de lame, pour que le sang et la douleur l'éveillent du songe où l'a mis le corps même qu'il châtie. La femme n'y est pour rien. Elle est là dans la grotte, mais c'est le corps du père Serge qui le pousse vers la nuit. Il s'arrache un doigt. Tolstoï s'enfuit dans la nuit, à quatre-vingts ans, à la suite du père Serge, une nuit d'hiver. Le père Serge se mutile. Tolstoï disparaît. Tolstoï est dans le doigt du père Serge, le père Serge est dans l'âme de Tolstoï, et moi, allongé sur mon lit, je n'ai la force de rien. Je regarde les ténèbres abattues sur le monde. Je regarde mon corps vieillissant, les poils blanchis de ma poitrine, mon ventre qui pousse d'année en année, mon sexe qui se refuse à mourir. La solitude du père Serge dans sa grotte. Je me mens. Je transforme ma défaite en victoire. L'ombre en lumière. Je pense à ce que j'ai voulu d'elle et à ce que j'ai eu, au fond, c'est une lâcheté de le désirer et une lâcheté de ne pas savoir le prendre. Je pense au silence de Youri, à sa folie, à la mienne, je voudrais comprendre et je vois, là où je flotte en secret, des fantômes que j'imagine doux et minuscules, ce qui est en germe et qui déjà vit, je me demande, c'est irrémédiable, l'âge et l'espèce suivent leurs cours, le récit s'allonge, les mots s'étendent sur le néant, remplissant le vide, je veux savoir, à présent, y avait-il la possibilité de déclencher là une étincelle, que ma vie faite recommence, dans l'échange rituel des fluides, qui doit avoir un sens, et je cherche la réponse que je devine dans son ventre, on ne peut pas savoir, le père Serge ne m'est d'aucune aide, il voit trop clair dans la nuit ; on remue, on serre, on fouille, mais on ne tient rien, on s'avance vers son propre désir en espérant trouver l'autre en soi dans ces mains et ces lèvres, trouver une vérité sauvage, la vie perdue et le contentement infini, mais il n'y a que la satiété, la honte d'avoir bu goulûment, sans voir autre chose que la soif, une bouteille censée vous accorder une ivresse immense. Le plaisir effacé cède la place à la souffrance, je n'ai rien, mes mains sont vides, allongé sur le dos le sexe flasque, et de l'autre côté de la paroi de verre se tient Youri, il me regarde aux côtés du père Serge, sa folie consommée, enfin parvenu au fond de lui-même, toutes choses détruites autour de lui, et je comprends la vieillesse, la rampe qui me fait glisser vers la disparition, les poils blanchis sur mon ventre amolli, ils ne viennent pas toujours avec la sagesse, ils sont blancs de désirs frustrés et d'ignorance. Youri a raison tout en ayant tort et elle, elle que nous voulions manipulée, trompée, endormie par des illusions construites pour l'emprisonner, elle sait et essaye de nous guérir, tous deux, sans voir qu'en nous soignant elle nous précipite dans l'abîme, Youri en le retenant et moi en m'attirant, elle ignore le pouvoir de sa tendresse sur nos corps ravagés par l'orgueil, et me voilà de l'autre côté du miroir, face au vide.

Quand le téléphone a sonné j'ai pensé à Aude, c'était une pensée brûlante, brûlante et dégoûtée. Tomber ainsi dans le vulgaire, la salir, l'humilier à son insu, la réalité vibrait dans cette sonnerie tardive, un réveil, même si je savais que ce n'était pas elle qui appelait, j'en avais l'intuition, elle m'apparaissait malgré tout, avec Ilona, dans sa froide douceur raisonnée, sûre d'elle, les deux jambes droites dans l'existence, portée par les certitudes inébranlables de son métier, de ce savoir qui lui donne une emprise sur l'univers, une assurance qui ne l'avait pourtant pas préparée à cette défaite-là, la mienne, à laquelle elle devait participer, bien malgré elle, et qu'elle sache ou non n'y changeait rien, les événements agissent en secret, depuis l'ombre où on les ignore ; ils grandissent dans la nuit, doucement, jusqu'à corrompre le jour.

J'ai décroché à la troisième sonnerie, je savais que c'était Joana. Je l'ai entendue, ses larmes, et derrière elle les cris de Youri, sa rage ; elle sanglotait viens, viens vite, s'il te plaît, il est complètement ivre, s'il te plaît, viens tout de suite, et il y avait quelque chose de déchirant dans cette voix, de glaçant, j'ai perdu mes moyens, j'arrive, j'ai dit, c'était le mauvais réflexe, j'ai bondi hors de mon lit, sauté dans mon pantalon, dans un taxi, sans réfléchir, bouleversé par cette voix que je ne lui avais jamais entendue, ces cris, Youri au bord du gouffre, l'abîme appelle, elle est là, Youri, l'ombre te tend les bras, le taxi n'allait pas assez vite, il est resté bloqué place Clichy, évidemment, derrière un autobus, j'ai hésité à descendre et courir, finalement je suis arrivé, j'ai monté les escaliers quatre à quatre, comme je les avais descendus deux heures plus tôt, le cœur au bord de l'explosion, la gorge serrée. J'ai sonné. Personne ne m'a ouvert. J'ai sonné encore et encore. Personne. J'ai écouté, je n'ai rien entendu ; je frappais du poing contre la porte, je tapais, je sonnais, que se passe-t-il, j'ai appelé Joana sur son portable, puis Youri, j'entendais les téléphones à l'intérieur, ils sont là, ils sont là, que se passe-t-il, combien de temps ai-je pu perdre, ainsi, avant d'appeler la police, les pompiers, je ne sais plus qui j'ai appelé à l'aide, ils sont arrivés ensemble, ils m'ont demandé d'expliquer, je n'y arrivais pas, expliquer quoi, comment, finalement ils ont enfoncé la porte avec un court bélier de métal, un instrument que je n'avais jamais vu, je suis médecin, j'ai dit, je ne sais pas pourquoi, ça n'avait rien à voir, Youri aussi est médecin, ils se sont précipités à l'intérieur, les pompiers en tête, les voisins sortaient dans l'escalier, ils ne comprenaient pas, je suis entré à mon tour, Joana était allongée sur le canapé, blanche, les yeux clos, le pompier m'a fait de la place, elle respire, elle respire, je l'ai vu tout de suite, elle respire lentement, elle avait une minuscule tache de sang au bord du nez. Je l'ai bougée délicatement, elle s'est mise à saigner, sa bouche a laissé couler un filet de sang, son nez aussi, elle avait une bosse molle à l'arrière du crâne, j'ai regardé ses yeux, pas de clignement spontané, les globes oculaires descendaient et remontaient tout doucement, mydriase sans réaction à la lampe du pompier, emmenez-la tout de suite, j'ai dit aux pompiers, vite, vite, ils ont fait vite, vite, Youri était ivre mort sur le tapis, le policier a réussi à le réveiller, ses yeux pleins de larmes, il pleurait, il geignait, je n'avais pas besoin d'en savoir plus, je suis descendu en courant derrière les pompiers qui m'ont laissé monter dans le camion, j'ai mis moi-même la perfusion dans son bras, j'ai caressé sa peau blanche, j'ai pris sa main et je l'ai tenue, sa respiration se faisait plus lente, le pompier me regardait avec un air de peine, et l'ironie du sort, comme on dit, le hasard de la géographie hospitalière, j'ai reconnu, quand la porte arrière du camion s'est ouverte, la rampe, les urgences de notre hôpital, je n'avais même pas pensé à demander où on l'emmenait. Le brancardier ne comprenait pas, il me regardait avec un air incrédule, sans rien dire, je le connais, celui-là, pensait-il, comment peut-il descendre d'un camion de pompiers, en civil, sans sa blouse, le visage défait, à cette heure-ci, vite, je n'ai rien dit, je me mordais la langue, ce n'est pas possible que nous soyons ici, cette salle, ce couloir, l'interne m'a regardé sans comprendre non plus, il attendait que je lui dise quelque chose, j'ai dit fracture du crâne, hématome, il a regardé le visage de Joana, il ne la connaissait sans doute pas, tant mieux, il a disparu avec le brancard. Tout était silencieux, c'était la nuit, je suis allé mettre une blouse, pour quoi faire, par réflexe, je ne pouvais pas me promener comme ça dans l'hôpital en civil, je n'avais rien à y faire, j'ai pris le téléphone et j'ai appelé en neurologie, il était trois heures trente du matin.

Elle est sortie de radiologie à quatre heures ; ponction ; on l'a mise en ventilation assistée, coma aréactif M6, m'a dit le neurologue, c'est pas gagné, mais c'est pas encore perdu.

Je suis allé la voir. J'étais tout seul. Je lui ai touché la main, je lui ai souri, je lui ai parlé une minute, je suis descendu à l'accueil.

La police était là.

Youri était avec eux.

Les policiers ont demandé à parler à celui qui avait pratiqué le premier examen clinique. J'ai dit fracture du crâne provoquée par une chute, vraisemblablement sur le coin de sa table basse. Les pompiers vous le confirmeront. Vous étiez là aussi. Aucune trace de lutte ni de coups, elle s'est allongée d'elle-même sur son canapé avant de perdre connaissance. Youri pâle les yeux grands ouverts ne dit rien. Youri regarde autour de lui l'hôpital. Youri ne voit plus rien. J'ai raconté le coup de téléphone. Youri était déjà ivre mort endormi par terre, j'ai menti. C'est pour cela qu'elle m'a appelé. Youri ne voit toujours rien. Le policier notait scrupuleusement. Ce monsieur dit qu'il y a eu dispute, qu'il ne se souvient plus très bien. Elle a sans doute essayé de le tirer pour le déplacer quand il s'est endormi sur le sol, j'ai dit. Et elle est tombée en arrière.

Youri les yeux grands ouverts se plie en deux, s'effondre et se recroqueville sur le marbre de l'hôpital, comme un chien.

30

L'Orénoque se perd en méandres et en reculades.
Il n'a pas de source, et pas de port dans la solitude de son delta. A Santo Tomé de Guayana, à
Puerto Ordaz, les longs minéraliers s'y avancent
comme sur la mer. Puis aussi bien les rondins qui
descendent le Grand Fleuve, les diamants arrachés
à ses rives, l'or extrait de ses alluvions, les bacs
qui le traversent que les barcasses qui le remon-
tent, tous semblent nager dans une mer de boue
suée par la verdure de la plaine, trouée par instants d'une usine, d'une station de pompage, d'un
village de tôles amarré à un ponton où viennent
accoster les *General Trujillo*, les *Bolívar*, les *Santa
María*, au rythme des pluies et des crues.

Au sud de Puerto Ayacucho, c'est déjà le néant
interminable de l'Amazone, les rapides, les cataractes de rochers et, ensuite, bienheureux qui
pourra savoir où il se trouve, sur quelle branche
du fleuve, dans quel pays, sur quelle rivière, Ini-
rida, Guaviare, Atabapo. Les villes se changent
en campements, il pleut régulièrement, le ciel est
toujours gris et seuls ceux qui savent déchiffrer
les vols des oiseaux, ou des moustiques, sauront
qu'ils ont presque atteint l'équateur. S'il y a quelque
chose à atteindre, à part d'autres caïmans, quelques aventuriers tremblants et des militaires,
gardiens, dans des fortins rongés par l'eau et
l'ennui, du fantôme de caciques saupoudrés d'or.

Le bateau a deux ponts simples et un puissant moteur diesel.

Parfois il peine dans les remous et dérive plus que de raison lorsque le vent souffle.

Le capitaine n'est qu'un pilote pensif et sauvage, l'équipage la méprise silencieusement, comme une chose sur le point de disparaître.

Il faut aller jusqu'au bout. Ces enchevêtrements de ciel et d'eau, de bois et de feuilles, de palmes, d'arbres sont si hauts qu'on ne sait quels oiseaux habitent leurs sommets. Certains suivent le bateau, par groupes d'une dizaine, de très près ; ce sont de minuscules mouettes noires et peu farouches que le second joue à attraper à mains nues. Quand il est chanceux, il sourit jusqu'aux oreilles, sa prise dans le poing ; il l'observe quelques instants avant de l'écraser comme un insecte, en riant, et de la jeter à l'eau.

Ce pays n'est à personne encore. Allongée dans sa couchette, au fond de sa cabine, elle voit défiler l'uniformité des rives, leur opacité verte.

Ici, le crépuscule n'existe plus.

Pas de lente agonie du jour, aucune lumière indécise, entre chien et loup ; rien de ce moment où tous les enfants du monde pleurent de façon inexplicable, là quand les ombres disparaissent quelques minutes en retirant tout relief aux objets, aux visages. Ici, rien de cette angoisse première du soir qui fait tourner en rond les félins, les fauves dans leurs cages au zoo, dans les forêts, rien de cette inquiétude qui la laisse, elle, prendre conscience un moment de son corps, s'en échapper et regarder, désemparée, vers le haut, vers la courbure de la terre – ici, tout ceci n'existe pas : seul un frémissement de palme endormie suit le rayon vert, et à peine le soleil disparaît aussitôt vient la nuit noire.

On a l'autorisation, a dit Imbert doucement au troisième jour. Il savait que je sursauterais, je suis resté les yeux fermés deux secondes, en pensant plus à moi qu'à elle, conscient de ce qui allait suivre ; il m'a dit encore plus doucement on prélève, j'ai hoché la tête, non pas pour acquiescer, mais parce que je savais que c'était la suite logique de sa première phrase – il y avait d'autres conséquences que j'avais entrevues dans la même seconde, yeux, reins, cœur vraisemblablement, foie peut-être : je savais qu'il allait ajouter ils attendent, parce que c'était une ordure et qu'il avait déjà prévenu tout Paris du beau cadavre vivant qui dormait maintenant chez nous, encéphalogramme plat, respiration artificielle, et je savais qu'il ne pouvait pas me demander ce qu'il allait me demander, en tournant en rond, autour du pot, je ne pouvais pas l'imaginer, c'était trop pour moi, d'ailleurs il n'a pas eu le temps de me le demander, j'ai dit qu'ils viennent prélever eux-mêmes ou qu'ils attendent.

Il a eu l'air embêté, c'était une feinte, mais il savait très bien qu'il ne pouvait pas me demander cela, ni à personne d'ici, d'ailleurs, pas un seul de nos bouchers ne le ferait, pensai-je naïvement, tout le monde la connaissait, beaucoup ont travaillé avec elle, personne ne voudra le faire, mais je savais que je me mentais, Rochant le fera, sans états d'âme, il dira même oui, c'est dur, mais elle est morte, et, grand prêtre, il remplira les vases canopes réfrigérés morceau par morceau en disant sa prière "c'est honorer le corps et honorer la vie, etc." – qu'on ne me demande pas cela à moi, personne ne peut savoir que je la connaissais si bien mais c'est non, je n'ouvre pas ce genre de corps, c'est clair, il y a des règles, personne ne peut me le demander et tu le sais, je l'ai dit avec les yeux et Imbert m'a regardé quelques instants avant de répondre, ennuyé qu'il était, ça attendra, ne t'en fais pas mais je sais qu'il n'est pas tranquille, il pense à l'équipe qui attend, le bougre, il pense que quelque chose peut changer dans son état, un improbable arrêt cardiaque, une infection quelconque, le délai légal qui expire – c'est comme ça, on n'attend pas pour prélever –, voilà ce qu'il me dit du regard, il me dit tu sais bien que c'est ainsi et qu'on n'attend pas.

Assis sur ma chaise je pensais après tout il a raison, ça y est, elle est morte, je le sais mieux que personne, même si son cœur bat ; je sais ce qu'Imbert veut dire, je comprends ses raisons, son embarras, aussi – je sais ce qui m'envahit ; cette lassitude, je la connais bien, elle habite avec moi dans cet hôpital depuis des années déjà ; elle sourd, elle pointe parfois dans la fatigue, dans l'échec de la perte, c'est une lenteur, une défaite de plus qui ce jour-là pèse, en cet instant-là, lorsque l'inévitable, imaginé jusqu'alors, seulement envisagé, m'attrape par les épaules et me cloue sur place ; tous mes pas ralentissent. La tristesse, c'est ce simple fardeau : pas de monde qui s'écroule, pas de larmes incontrôlables, pas de déchirements. Pas de fracas, aucun cri intérieur, une lourdeur, le poids du vivant on le sent alors réellement, sans chagrin, perdu dans l'habitude ; on a fait ce qu'on a pu, la vie fait ce qu'elle peut ; tout devient lent et fade, pour quelque temps.

Assis sur ma chaise je pensais après tout il a raison, elle est morte, tout cela, ce sont des lignes, des lignes de force, des fils tendus bien avant la naissance, bien au-delà de la mort ; des desseins, de livre en livre, de récit en récit, d'histoire en histoire, personnage après personnage, ceux que l'on croit tenir, ceux que l'on évite, ceux qui disparaissent, réapparaissent, tournent, reviennent, s'épuisent de paroles dans le monde, elle n'est plus qu'un souvenir et un corps encombrant comme un souvenir, rien d'autre, à peine on a le temps de faire un deuil qu'aussitôt en vient un autre, tous ces patients que j'ai vus mourir, ou vivre, tous ces corps poursuivent leur chemin ou l'ont arrêté là, elle aussi, elle en a vécu, de ces instants – un rouage dans l'ensemble, une pièce, aussitôt remplacée par celle qui a pris sa place, dans son lit, dans sa case au cœur de nos tableaux mieux rangés que ceux du bon Dieu, avec tous leurs nombres, leurs numéros, la pratique du deuil, l'habitude du deuil, professionnelle mais réelle, laissez-moi le temps de fabriquer celui-ci, laissez-moi le temps de retirer sa charge à cette seconde, elle est là, je sais que demain j'irai rendre visite à un malade dans son lit, et je lui dirai là c'était sa sueur, monsieur, qui mouillait ces draps, là c'était vers elle qu'allait ce cathéter, ce moniteur enregistrait ses dernières pensées, je le sais, monsieur, ici vous n'êtes nulle part, pensez bien que ce que vous êtes vous l'amenez avec vous et vous partez avec, monsieur, nous ne pouvons rien pour vous à part pour votre corps, et encore, s'il se laisse faire, ne vous offusquez pas mais je viens de perdre une amie très chère, oui monsieur, très chère, à cette même place, là où vous êtes.

Assis sur ma chaise je pensais elle est morte, ce mot, vidé de son sens – ce n'était même pas la peine de monter jusqu'à cette chambre pour la regarder, les yeux fermés, il y avait trois jours qu'on savait qu'elle était morte, ou presque, le meilleur neurologue s'était penché sur la question, c'était même officiel, administratif, je le savais, je le comprenais mieux que quiconque, mais j'aurais encore pu aller jusqu'à son lit pour l'écouter dormir, de l'autre côté de ces yeux clos qu'on allait bientôt lui ôter précautionneusement, ces beaux yeux sombres qu'à peine retirés, aussitôt prélevés pour leur cornée, un coursier à moto porterait aux Quinze-Vingts d'un air dégoûté ou amusé, c'est selon, leurs paupières ne les protégeront plus longtemps, ces yeux – ils défileront tous, les uns après les autres, les embaumeurs, rien ne se perd, rien ne se crée, et moi on m'attend pour les reins, choses simples somme toute, pure plomberie, je plongerai en elle mon couteau d'éventreur, calme et froid, je parlerai doucement à une infirmière émue, et Youri, pour le cœur – s'il était là il lui arracherait le cœur sans hésiter avant d'en avoir des cauchemars interminables, avant de le payer, comme maintenant, par des angoisses sans fin, il est bien là où il est, pensai-je, à se réparer, à se recoudre l'âme dans cette clinique de banlieue, qu'est-ce qu'on y peut, il est seul dans l'ombre, il est loin, il paye, je n'ai pas de haine, pas de remords, je veux comprendre, c'est comme ça, je ne pense qu'à ma peur à moi, à mes interrogations à moi, pour finir par faire mon métier, peut-être, au pire on la transférera ailleurs, qu'y puis-je, faites ce que vous avez à faire, pensai-je, soyez un bon médecin, un bon chirurgien, un bon fils, un bon mari, un bon père, dans l'ordre des choses la lame à la main, je vous débarrasse de votre chair superflue, de votre chair malade, nécrosée, infectée, autant que vous voulez, cela ne peut pas finir ainsi, nécessairement il y a là un mystère de plus, je veux savoir pourquoi, je devine pourquoi, les jeux qui se jouaient entre eux dans les ténèbres, pourquoi Youri plongeait, plongeait en se débattant et souhaitait me mettre à sa place, cette peur qu'il avait à son tour, et moi aussi je veux être à sa place, je veux recommencer, je veux que tout recommence, que les cellules qui m'ont fabriqué reprennent leur mouvement, que mon désir construise, usine sans plus détruire, je veux voir la vie en action, j'en ai besoin, je veux remonter la rivière, la regarder à sa source sortir violemment d'une roche claire, fluer sans contrainte vers le nord, je veux voir, savoir et je ne peux pas travailler en pensant à autre chose.

Je sue dans mes gants, on s'est arrangé pour que je ne voie pas vraiment son visage, pas vraiment, l'infirmière m'observe d'un œil inquiet – on prend bien des précautions avec ces morts-vivants, on ne sait sur quel pied danser, mon incision est moins nette que d'habitude – et j'ai conscience qu'Aude pense à moi en ce moment avec douleur, malgré elle, en écoutant ses patients, elle sait ce que je suis en train de dépecer, les capillaires saignant doucement, les abdominaux qu'il me faut écarter pour me frayer un passage, elle sait ce que je suis en train de traverser, les chairs, l'horizon pâli du côlon, me voilà plongé dans son corps sans que ce soit le sien – il n'y a plus rien, par ici, plus rien, c'est ce que je me répète, il faut qu'il reste quelque chose, c'est une enveloppe vide, un récipient, est-ce bien sûr, à la fin c'est moi qui ai insisté pour accomplir cette tâche ingrate, rendre au néant, morceau par morceau, pièce après pièce, répartir, distribuer ses plus précieux viscères, qu'elle puisse monter dans la barque solaire de cèdre parfumé – ce n'est pas elle, je veux comprendre, d'ailleurs je n'y pense pas, je m'énerve autour de l'artère, je réfléchis et puis tout d'un coup je sais où je vais, je sais ce que je veux voir, je sais pourquoi je suis là, la vie en face, je le lui dois, quelqu'un doit voir, quelqu'un doit comprendre, je le lui dois à elle, je le dois à Youri, au Grand Fleuve, et l'infirmière – j'évite son regard, je le devine écarquillé et horrifié – a la main en l'air comme pour m'en empêcher, mais je sais me débattre dans les corps comme personne, je vais vite, je connais le chemin, j'essaye de ne rien déranger, je l'entends derrière moi, dix ans que nous opérons ensemble, elle murmure Ignacio, Ignacio, non, et elle part en courant, je sais qu'elle court chercher de l'aide, l'anesthésiste dans la salle d'à côté, elle va dire il est devenu fou, mais je ne suis pas fou, je suis très lucide au contraire, je veux voir, rien d'autre, avant que tout ne disparaisse, avant que tout ceci ne brûle ou se décompose, profiter, une fois, des privilèges de mon métier, là que j'ai les mains dans la mort, dans la vie, et l'autre assistante, plus jeune, elle souffle juste docteur, docteur, avec une voix blanche d'enfant effrayée, que peut-il bien faire, se dit-elle, que peut-il bien vouloir de ce corps horriblement ouvert qui ressemble au mien, dont l'histoire ressemble à la mienne, on n'autopsie pas les vivants, vrais ou faux, pense-t-elle – j'écarte enfin l'ultime voile de muscles ; l'utérus est gonflé, de la taille d'une petite orange ;

la membrane en est fine, je l'incise, je l'écarte doucement, elle saigne si peu. Elle renferme un souvenir minuscule, presque sans cœur, bientôt sans vie ; un récit translucide – deux points noirs et aveugles, pour trois larmes blanches offertes au néant.

BABEL

Extrait du catalogue

OUVRAGE RÉALISÉ
PAR L'ATELIER GRAPHIQUE ACTES SUD.
ACHEVÉ D'IMPRIMER
EN FÉVRIER 2016
PAR NORMANDIE ROTO IMPRESSION S.A.S.
61250 LONRAI
SUR PAPIER FABRIQUÉ À PARTIR DE BOIS PROVENANT
DE FORÊTS GÉRÉES DURABLEMENT
POUR LE COMPTE
DES ÉDITIONS ACTES SUD
LE MÉJAN
PLACE NINA-BERBEROVA
13200 ARLES.

DÉPÔT LÉGAL
1re ÉDITION : MARS 2016
N° Impr. : 1600459
(Imprimé en France)